晋南诗稿

刘江平/著

山西出版传媒集团　　山西人民出版社

图书在版编目（CIP）数据

燕南诗稿/刘江平著.—太原：山西人民出版社，
2017.6
ISBN 978-7-203-09640-5

Ⅰ.①燕… Ⅱ.①刘… Ⅲ.①诗词—作品集 — 中国
— 当代 Ⅳ.①I227

中国版本图书馆CIP数据核字（2016）第138651号

燕南诗稿

著　　者：刘江平
责任编辑：魏　红
复　　审：刘小玲
终　　审：员荣亮

出 版 者：山西出版传媒集团·山西人民出版社
地　　址：太原市建设南路21号
邮　　编：030012
发行营销：0351-4922220　4955996　4956039　4922127（传真）
天猫官网：http://sxrmcbs.tmall.com　电话：0351-4922159
E-mail：　sxskcb@163.com　发行部
　　　　　sxskcb@126.com　总编室
网　　址：www.sxskcb.com

经 销 者：山西出版传媒集团·山西人民出版社
承 印 者：山西出版传媒集团·山西省美术印务有限责任公司

开　　本：787mm×1092mm　1/16
印　　张：20.25
字　　数：250千字
印　　数：1—1000册
版　　次：2017年6月　第1版
印　　次：2017年6月　第1次印刷
书　　号：ISBN 978-7-203-09640-5
定　　价：48.00元
如有印装质量问题请与本社联系调换

兄弟姐妹合影

和朱天运先生
在鹳雀楼合影

故乡老友合影
左起：作者、刘自新（兄）、徐兴信、肖建华

《首届鹳雀楼诗歌大赛》获奖散曲

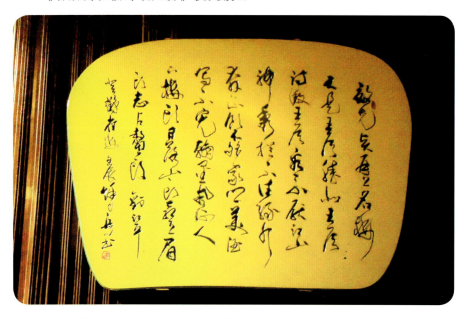

《首届鹳雀楼诗歌大赛》获奖散曲诗匾

《首届鹳雀楼诗歌大赛》获奖散曲诗匾

游月坨岛留影

小孙子刘浩田

戎装木棒娇娃，战车火炮烟花，喝令千
军万马。雄观天下，将风帅气争夸。

——〔越调·天净沙〕为小孙子浩田题照

外孙李政洋

　　鸿雁高飞展翅，少年壮志凌云。一生成败在青春，时代催人奋进。　　丽日蓝天进校，祥云瑞气临门。悬梁苦读倍艰辛，高考再传喜讯。

——西江月·贺外孙李政洋考入双语高中

晋阳工人戏曲社成立大会合影

诗风正雅意滂沱

—— 为诗兄刘江平的《燕南诗稿》点赞

刘小云

　　诗兄刘江平是位有影响的诗人，不单是因为他在诗词界的诸多名衔，更主要的是因为他的诗词曲作品皆属上乘，而且许多作品已经进入公众视野。比如，在黄河岸边的鹳雀楼上，在古人王之涣的雕像旁边，络绎不绝的游人前来登楼眺望黄河之际，都会在与王之涣交换眼神的同时，为镌刻在壁上的那首当代诗人写的散曲发出啧啧赞叹声。要知道，那首散曲的作者正是我的诗兄刘江平。我曾无数次地拜读这首散曲，每次品读，我都会心胸为之一振，情绪也激荡不已！《〔双调·折桂令〕登鹳雀楼》："效先贤再上名楼，不是王侯，胜似王侯，诗傲王侯。看不厌江山神秀，拦不住绿水奔流，饮不够家乡美酒，写不完翰墨风流。人下楼头，日落山头，喜上眉头，志占鳌头。"漂亮舒展而气势磅礴！这首荣获《中国·永济首届"鹳雀楼杯"诗歌大赛》一等奖的杰作与王之涣的那首名诗"白日依山尽，黄河入海流。欲穷千里目，更上一层楼"有异曲同工之妙。

就是这首优美散曲的作者刘江平要出版他的诗集《燕南诗稿》了，并且点名我为其作序，作为诗妹，我应该感到三生有幸！

诗兄刘江平网名燕南，言明他是燕赵之人，但他长期在山西工作生活。我认识他时，他已经在山西诗界有一定影响。当时，他作为主要编辑之一，刚刚编辑完成《论诗千首》和《论诗千首评论集》，正在执笔编辑《诗咏五台山》。这几部著作都是时任山西诗词学会会长的武正国先生主编，都是耗时较长、影响深远的大工程。尤其是《诗咏五台山》，较为全面地辑录了250名历代诗人吟咏五台山的精华诗词646首，站在历史发展的中间点上，一手牵着古人，一手牵着未来。作为执笔副主编，诗兄江平肩负多大的责任，付出的代价可想而知。

收入《燕南诗稿》的诗有320首、词50首、古风歌行10首，而其近年来的主要作品为散曲，估计也突破300首了。作品多，佳作也多。我之所以如此认定，一是多次咏读他的获奖作品，二是通过细细翻阅《燕南诗稿》而领略出的。而且，我还认为他的诗风正而雅，作品意蕴深而阔。

还拿他的获得一等奖的《登鹳雀楼》说起，立意高远，不落窠臼，字里行间表现出一种蔑视王侯的自豪感，毫无悲凉之感。语句通达流畅，节奏感和音乐感强，可以调动起读者的情绪。尤其是中间四句以排比形式构成连璧对，将登楼所见所思表达得淋漓尽致，后四句写的是下楼，抒发的却是向上之志，以"志占鳌头"而托起全篇，与王之涣的"更上一层楼"无缝契合。不能不让人拍案叫绝！

去年夏天，我曾在街边随意给两位耄耋老妪拍了一张照片，引起了诗界众多朋友的关注，收到了163首配照诗词曲作，而后出版了《促膝夕阳外》一书。诗兄江平的《〔双调·庆东原〕题照《促膝夕阳外》》获得一等奖："大儿前天走，小女昨日来，女买水果儿买菜。清心少灾，和颜去灾，大爱无灾。一语暖心窝，欢乐云天外。"多接地气啊！多幸福的两位老人。尽管是普普通通两老妪，通过这首散曲，身上辐射出的，是正是雅，温暖人心。

近几年江平兄在网上发表了大量的诗词曲作。很多作品受到诗友的好评，产生一定影响。例如：他的《〔双调·雁儿落带过得胜令〕秋思》："秋风秋月圆，秋色秋光艳。秋吟秋雨篇，秋画秋收卷。〔带〕秋叶满山川，秋果满车船。秋雁南飞去，秋虫低唱闲。谈天，人有秋江恋；谈禅，我无秋渡缘。"《〔中吕·喜春来〕春》："春莺春燕春花灿，春柳春风春雨绵，春山春水试春船。春意满，春草绿如烟。"这两首散曲的特点是多用重字，句句有"秋"有"春"。却丝毫不显累赘，反而增添了曲子的情趣。意境新颖，情思隽永，不落俗套，自然流畅。这些作品发表后，网上用重字重韵的人增多，创造出了一批好作品。

我还读过江平兄《次韵和武会长〈唐宋诗人词家漫咏一百首〉》，他的一百首作品均收入《论诗千首》之中。当时武正国会长《漫咏唐宋诗人词家一百首》出版后，和者众多，但圆圆满满和出一百首的只有八位，江平兄是其中之一。要对武会长所选的一百位古人进行人格和诗品的提炼，进而用绝句写出，没一定水平是完不成的。我就没有这个能力，只能粗写一篇文章，解析此举所引发的文化现象，以聊表对每一位和者的尊重。所以，特别佩服江平兄。

江平兄的词作也大有可圈可点之处，登上鹳雀楼，他既写曲还填词，《一剪梅·登鹳雀楼》："楼外风光处处娇，红雨飘飘，绿水滔滔，远山近树画中描。艳了花朝，美了春潮。　之涣当年吹玉箫，唐也夺袍，宋也追骚。千年鹳雀架诗桥。心上歌谣，头上云飘。"可见江平兄又多会造境。生生把读者带进高远的词境，上阕似乎是"无我之境"，而下阕全然陶醉于指点江山的"有我之境"。虽然是同题，散曲和词的结句，都将读者的心胸提升到向上之气度，豁达，开阔，深远。

这些年，江平兄在散曲研究和创作方面取得了很大成就。因而成为中国散曲研究会会员、黄河散曲社副社长、晋阳工人散曲社社长、《当代散曲》编委。

我注意到，江平兄特别喜欢写"折桂令"这个曲牌。没有数过，"折桂令"在他所有散曲作品中占比有多少。但是，我读他写的每一首"折桂令"都有一种感觉：调式美。除其节奏感、音乐感给人以美的享受，我还特别喜欢曲中的四字排比，我还是随手摘取他的几组"四字排比"吧：1.《网络伪娘》："欲也猖狂，情也猖狂；人也荒唐，事也荒唐。"2.《审判》："醒也争王，梦也争王；成也争王，败也争王。"3.《抗战胜利七十年大阅兵》："正义风雷，盛乐低回；万众扬眉，四海歌飞。"4.《韭园村吊马致远》："翰墨云烟，风月婵娟；一阕秋思，绝唱诗坛。"5.《并州联谊会赠外地曲友》："胜地同游，盛世同讴；曲事同谋，风雨同舟"。他的每一首"折桂令"结句，都让人为之一振，兴致盎然。

《燕南诗稿》里还收进了江平兄的六篇诗论，他谓之"琐记"，有点言轻了。其实，这六篇文章是他对散曲的技艺探索，非常专业。比如《元曲中平声上声是否可以通用》、《元代散曲加衬字有没有规律》、《此曲只应天上有》等等，如此专业的知识，并不是每一个散曲爱好者都能掌握的。但是，他悉心研究并理据充分地加以论述，为散曲爱好者的写作提供了理论上的指导。

更让人叹为观止的是，他将太原市工人队伍中的散曲爱好者凝聚起来，并且于2014年11月30日正式成立了"晋阳工人散曲社"，他为社长。这支队伍已从当初的26人发展到50多人。他在用自己的人格魅力和艺术风格践行中华诗教，致力文化兴邦。他总结出工人散曲的四个特点，并且有针对性地提出了工人散曲社的发展方向，即为人民抒写，为人民抒情，为人民抒怀。

江平兄是黄河散曲社副社长，是《晋阳散曲》主编，他非常负责任地分析了太原地区散曲队伍的现状，即在全国的影响及成果。看着他的文章，对照我平日里接触到的散曲作者和他们活跃的身影，明显感受到他分析得很中肯，感觉到这支队伍旺盛的生命力。黄河散曲社在精品创作的道路上已经迈出了坚实的一步，这是众所周知的。祝福他们！

江平诗兄的《燕南诗稿》是一部不可多得的好书，诗作质量高而可读性比较强。我的这篇序言，实在难以将其作品之美尽数呈现给读者。只希望读者细心研读江平兄佳作，我相信一定能大有收获。

2016年5月12日

（作者刘小云系山西诗词学会副会长、著名诗词评论家）

目录

第一辑　律诗（一百二十首）

第二辑　绝句（二百首）

第三辑　词（五十首）

第四辑　古风歌行体

第五辑　散　曲

登山临水　感事抒怀

人生沉浮　社会百态

题酬咏赠　贺曲集锦

乡音乡韵　　故里情深

第六辑　自由曲（二十首）

第七辑　琐记（六篇）

第一辑

律诗（一百二十首）

咏元曲作家（七首）

元好问

旷野修金史，孤臣孽子情。

惶惶怀故国，耿耿泣苍生。

观鹤云无迹，听涛松有声。

远离尘俗嚣，明月伴清风。

关汉卿

不折蟾宫桂，文星下俗尘。

泼开云翰墨，催放戏园春。

酒醉人无梦，诗成笔有神。

集中凄怨女，泣泪悟兰因。

马致远

自有生花笔，文光射斗牛。

愁寻仙鹤影，情唱汉宫秋。

逐燕依花径，怜鱼拥钓舟。

秋思惊曲苑，佳作胜瀛洲。

白 朴

山川多秀气，三晋育奇才。
下笔诗千首，倾樽酒一杯。
高歌云暗渡，低唱月徘徊。
鸣凤清新曲，依依绕榭台。

郑光祖

曲苑群星灿，平阳才子多。
情思亲小杜，放浪傲东坡。
留梦春风柳，倾心夏雨荷。
梨园传盛事，倩女唱离歌。

王实甫

龙虎风云会，天生旷世才。
梨园滋润雨，艺苑起风雷。
一曲西厢记，百年舞榭台。
临江空寂寞，啸傲送红梅。

乔　吉

未跨扬州鹤，依然是醉仙。
新诗歌柳浪，椽笔拓云笺。
寻艳开眉锁，偎红恋小鬟。
风流花下乐，不拜九重天。

汨罗江怀屈原

疑是湘君泪，阴云暗汨罗。
一从成楚赋，百代唱斯歌。
哀郢烟灰烬，招魂涕泗沱。
精忠何处觅？兰蕙逐江波。

中秋节

最爱今宵月，银光洒九州。
清诗题上苑，美酒进高楼。
家宴开新面，私车赴旧游。
童孙谐乐曲，婉转亮歌喉。

清明抒怀

如泣潇潇雨，阴阳两界呼。

坟前盈热泪，岭上漫荒芜。

忠孝诗千首，悲思酒一壶。

人间情义重，大道不言孤。

山　居

时时翠鸟鸣，处处阳光照。

雨降水盈溪，春来花满道。

惯听天籁音，不羡红尘调。

贵客偶临门，先惊灵鹊报。

踏雪吃茶去

踏雪吃茶去，清香味至真。

僧家属意远，词客见情亲。

窗外风无迹，笔端诗有神。

弦歌传雅韵，大道悟仁人。

梅园晨曦

凌寒香溢远，星退喜风轻。
冷艳枝枝秀，繁花树树明。
仙风添雅韵，玉步报春声。
已别凡尘嚣，红云隐远莺。

己丑元日即兴

金牛迎紫气，欢乐满西山。
爆竹声声脆，孤云朵朵闲。
野溪梅傲雪，画幕舞惊弦。
美酒千杯醉，诗情上笔端。

丁亥贺岁

新符一岁除，送旧接金猪。
瑞气来天外，和谐遍九州。
龙城迎雪降，春晚盼星敷。
冷眼观伊战，清心看柳舒。

登太白山

（五言六韵排律）

梦思秦岭久，太白喜登临。

细雨沾山路，疏林传鸟音。

烟云思变幻，栈道待追寻。

曲友谈天地，诗心话古今。

只怜游客老，不羡圣王亲。

仙境清心处，流泉听古琴。

游秦淮河

爱恨情愁有几多，六朝事杳逐烟波。

画船又续繁华梦，商女重传媚俗歌。

酒气香风人不寐，脂红珠翠志消磨。

莫谈后主当年事，行乐依然是旧河。

随师友登鹳雀楼游蒲津渡遗址（二首）

追贤访古上名楼，九曲黄河浊浪收。

秦汉民情询雀鸟，隋唐诗梦问兰舟。

一川花气飘香远，万壑云烟逐燕幽。

远望更知天地阔，喜迎红日正当头。

文星泰斗忆同游，国士名流来五洲。
千载龙吟谁赋曲？三年诗赛我登楼。
豪情妙境歌云雀，哲理禅心问铁牛。
步步登高观巨变，人生新步再从头。

金阁寺怀不空大师

　　不空是唐代著名高僧。五台山的金阁寺是由不空三藏创建的我国最早的密宗中心。

谈禅悟道笑轻狂，传法修经建佛堂。
一世清心留寺影，百年去业恨烟长。
来生未卜存空念，幻境纷陈叹渺茫。
金阁登临寻胜迹，岚光翠碧遍斜阳。

鲁迅诞辰一百三十周年

悲麟泣凤忆英贤，再读彷徨呐喊篇。
怒扫阴霾揭鬼魅，狠批叭狗醒愚虔。
文通今古争民主，学贯中西立圣言。
博涉百家通六艺，廓清遍地野狐禅。

游松庄怀傅山

明亡后，傅山隐居太原城南松庄。松庄曾成为反清志士集会之地。参加南明政府的昆山顾炎武和曾在山东领导起义的沛县阎尔梅都来这里与傅山晤面。

时穷节见叹风尘，聚义山西挫敌氛。
故国深情融翰墨，苍生遗愿入诗文。
研磨书画开新意，料理岐黄归至仁。
啼血杜鹃悲晋水，古松明月伴斯人。

黄坡三拜

拜祖堂

公祭寻根拜祖堂，帝尧禹舜在何方？
风云雨露披荆棘，蛮野洪荒拓国疆。
禅让先贤开德治，教传后辈事农桑。
龙腾华夏群星灿，醉酒千杯答圣王。

拜国殇
——谒拜黄坡无名烈士墓

又到陵园祭国殇，清明四月柳丝长。

攻城陷阵身先死，建国兴邦名不扬。

壮烈人生悲壮烈，激昂歌曲唱激昂。

英灵地下应无憾，华夏新添百卉香。

拜佛祖

我佛慈悲度众生，听禅问善此心诚。

六根清净原非梦，四大皆空实有情。

苦海无边求远岸，因缘定数问心平。

吾身愿作菩提树，兰若轻风望月明。

甲午年重阳登高

登顶更知天地宽，携孙呼侣欲狂欢。

山风无意翻书卷，游客真心正己冠。

远望高楼连日暖，近听泉水起烟寒。

东坡乐曲西坡醉，共指红枫带笑看。

一年两度遇重阳

一年两度遇重阳，两度重阳在异乡。
联咏登高枫叶老，思亲祭北野花黄。
凭栏漫写情愁态，泼墨敢书诗酒狂。
云聚云飘秋意远，山风瑟瑟送新凉。

渤海边逢立秋有感

蝶飞莺老绿间黄，暑退凉生五谷香。
千里平原瓜果熟，万顷碧海鱼龙藏。
星移斗转天时改，武备文修国运昌。
风月双清秋韵美，楚乡宋玉莫彷徨。

咏台山玉

观音何处会龙王？藏玉台山海岸旁。
德润晶莹多贵气，琼华隽永溢灵光。
蓝黄姿色清清水，冷暖阴阳淡淡妆。
天地钟情生万物，人间追美醉如狂。

诗友雅聚有作

儒士风流羡楚骚，河汾吟浪起云涛。

竹林宴友名贤聚，阆苑题诗雅韵操。

僧有禅心参意远，人无俗虑寄情高。

芝兰香草潇湘水，饮露餐英种玉桃。

偷得浮生半日闲

偷得浮生半日闲，酒楼茶肆做神仙。

窗前瑞雪添诗意，案上新茗结佛缘。

立德立言行大道，知今知古效先贤。

无愁无恨无悲喜，明月清风皆入禅。

步韵李旦初老师悼姚奠中先生

情也悲来梦也空，莘莘学子哭黉宫。

先师驾鹤游仙苑，后辈辑文鸣鼎钟。

像挂楼台遗旧貌，诗吟网上祭斯翁。

德如日月光辉照，墨迹流芳照眼红。

附：李旦初《悼姚奠中大师并序》

2013年12月27日凌晨，当代国学大师姚奠中先生安坐而终，仁寿一百〇一。时值"嫦娥三号"携玉兔号月球车首开奔月之旅，因联想而赋游仙以致悼意。

坐化升天访太空，扶摇直上达蟾宫。
仙娥起舞迎仙客，玉兔驱车捧玉钟。
绛帐忙忙青鸟使，门生济济白头翁。
珠谈一笑惊王母，忽见新花阆苑红。

读《红楼梦砧解》赠作者俎永湘先生（二首）

蔡元培先生说：《红楼梦》是一部"政治小说"，意在"吊明之亡，揭清之失"。我们读后也深感作者将"真事隐去，假语存焉"，确有隐衷。

最近，俎永湘先生考证：《红楼梦》是明太子朱慈烺化名曹雪芹所作。明亡后，朱慈烺隐居乐亭县渤海边的冯家哨。因为只有太子（候补皇帝）这样政治地位的人，才会在明末清初对明亡作深刻的反思；才会对一个王朝的灭亡有如此悲痛的体会，才会有无材补天的感叹。此说系一家之言。

读罢《红楼梦砧解》，感慨系之。因成诗二首。

砺解红楼世所奇，追源溯本破樊篱。

补天太子留遗恨，索隐诸公入梦迷。

国恨家仇思未报，丹心曲笔赋微词。

俎君既道其中味，不负当初十载痴。

帝子京东望帝乡，龙游凤灭叹兴亡。

山河破碎心流血，玉石俱焚人断肠。

杀虏有心存浩气，回天无力寄华章。

名山事业青峰下，世代传承世代藏。

读《乡音乡韵自多情》寄赠徐兴信先生

南人北地结文缘，博采风情路几千。

散记乡魂寻旧梦，重翻经史祭先贤。

著书百卷成珠玉，磨剑十年立哲言。

天佑鸿才增鹤寿，腾蛟起凤谱新篇。

徐兴信：乐亭文化研究会会长。曾任乐亭县政协主席。

赠史德新先生

握手文联初识君，桥头酒肆话儒林。

京东天府春花艳，艺苑新星笑语亲。

一刊诗文传晋地，九州乡侣会潮音。

民间瑰宝梨园曲，引吭高歌赤子心。

史德新：曾任乐亭县文联主席。《潮音》为乐亭县文联会刊。

赠徐海英女史

大雅风华非俗人，敢夸一笑值千金。
滦河有幸栖云凤，天府无声树艺林。
舞罢娇姿留倩影，书成美誉共潮音。
平畴沃野青纱帐，热土深情入舜琴。

徐海英：女作家。《潮音》杂志编辑。时任乐亭县舞蹈家协会主席。乐亭古称京东天府。

咏岩桂

秋光秋色耐秋寒，淡绿娇黄影不单。
桂魄花开幽梦远，月魂香袭晓星残。
犹如桃李妆春苑，更胜梅荷燃赤丹。
岩畔林边君漫步，赏心悦目有余欢。

赠圆智寺一广大师

　　山西太谷范村圆智寺，是一个儒、释、道三教并存的寺庙。

虔拜菩提有慧根，莲台说法寺回春。
文修三教和谐境，武练一拳风范存。
圆智生光行善事，金身重塑立天尊。
万缘相聚慈航渡，福海福音敲福门。

甲午迎春

红灯爆竹破冬寒，大爱真情上笔端。
神社魂飘千鬼闹，九州花放万家看。
倚天抽剑三军壮，下海巡洋一国安。
马跃龙腾成亮景，莺飞燕唱过层峦。

癸巳迎春

迎春守岁又三更，未见龙蛇交接行。
红烛红灯习旧俗，玉杯玉酒庆新程。
不歆官运加财运，只愿诗情连国情。
一键频敲传友谊，八方电讯慰生平。

辛卯迎春

虎啸龙吟歌正好，娇娇玉兔又登台。
和谐人送征帆竞，改革花催笑口开。
爆竹声声知岁去，腊梅朵朵报春来。
风云变幻新时代，大业江山共剪裁。

赠吴定命老师

翰墨情缘魂梦牵，杏坛晚节碧云天。
挥毫走笔书千卷，落玉成珠诗百篇。
秋月吹箫声浩远，春花拂柳韵缠绵。
河汾有幸传唐律，喜望龙城满紫烟。

寄爱晶女士

不羡豪华厌绮罗，裁诗布句费吟哦。
随心摄影同陶醉，致力编刊共琢磨。
皓月华星书美景，夕阳佛寺献清歌。
莫夸才女多才气，潋滟春江多碧波。

谢蔡德湖老师赠诗

拜师学句志方刚，幸会唐明情意长。
访古同随云北去，论诗共见雁南翔。
编刊冒雨呕心血，改曲檠灯掏肺肠。
鸥鸟忘机人有爱，悲麟泣凤也清狂。

咏 荷

凌波出浴着红装，照水临风夏日长。
翠叶无心撑绿伞，晚风有意送清凉。
纤纤神韵羞西子，淡淡娇柔胜女郎。
十里湖光新雨后，幽香倩影醉诗肠。

致谢启源先生

高科技术觅新知，上网发文求友时。
戏剧人生无戏剧，希夷孽海有希夷。
情愁爱恨诗词赋，雨露风云天地施。
时代强音高格调，悠扬短笛任横吹。

短信收启源先生和诗有赠

清才俊逸自奇雄，挥墨成诗有古风。
漫写羊裙书至宝，闲吟秋月律何工。
高山流水情真厚，雅量虚怀意也恭。
拜访识荆犹恨晚，骚坛艺苑看花红。

贺《难老泉声》出版百期

一枝红艳满园香，正气骚声出晋阳。
四季诗花开不败，九州文友竞留芳。
春江秋月潇湘远，碧海青山汾水长。
盛世高歌歌盛世，韵传敢笑紫薇郎。

读高考漫画作文图有感

事理细推人笑嗟，群猫上下竟豪华。
有鱼有酒天天醉，无浪无风处处奢。
捕食技疏悲隐患，追欢趣长乐浮夸。
由穷变富原非错，忘掉勤劳定败家。

和林峰先生七律（二首）

遥忆当年风雨楼，悲歌慷慨不言愁。
补天国共多才俊，醒我农工汇铁流。
血染井冈书壮志，旗飘陕北写春秋。
头颅赢得红旗艳，遍地歌声乐复悠。

积弱贫穷越百年，瓜分惨祸起狼烟。
救亡御辱民初胜，富国强兵梦正圆。
大好河山夸秀美，同根骨肉总情牵。
倘能两岸相携手，万道霞光尧舜天。

附：林峰先生原玉

更深欲上月华楼，举酒高台故国愁。
慷慨诗随青史炳，英雄气作大江流。
残明不复朱天地，两宋难回赵雁秋。
掩卷夜阑惊旧梦，沧桑几度水悠悠。

雁去鸿来六十年，燎原星火起烽烟。
芦花似雪飘秋半，玉枕和衾入梦圆。
剪雨裁红新露结，金台扛鼎壮心牵。
熏风吹醉芙蓉水，日丽中华八月天。

登　高

（步杜甫《登高》韵）

衰柳寒蝉不自哀，山云吞吐彩云回。

千年古木阴遮远，十里果园香暗来。

诗韵频敲交网友，人生得意上高台。

穷通皆忘心长乐，痛饮何须三百杯。

游西夏王陵

一代英雄万代传，王陵风雨忆当年。

分疆立国开新史，纬武经文除旧天。

百载兴亡人有恨，千秋霸业事如烟。

关山追梦思元昊，夕照银川落日圆。

六固村

太原市阳曲县六固村，已开辟为度假村。村西三郎洞，山清水秀，怪石嶙峋，古树参天，风景优美，为旅游消暑胜地。

极目阳光度假村，峰峦叠翠铸诗魂。

林深石秀清清水，雾绕香飘淡淡云。

新景新区新面貌，古山古树古妆痕。
三郎洞里神仙会，一片欢声入酒樽。

题《昭君出塞图》

静若幽兰灿若霞，一枝红艳照胡沙。
汉宫冷月催人老，北国雄鹰拜帝家。
春去草原驰骏马，秋来幕帐听芦笳。
长城内外无烽火，匈汉和谐并蒂花。

游文水则天圣母庙

千年功过论纷纭，毁誉妍媸难辨真。
治国求贤开富路，追欢纳垢慰孤衾。
惠泽黎庶兴王业，鸷灭皇孙生怨魂。
女主临朝非祸福，抚碑拜像问前身。

悼北川诗人

2008年5月12日，北川诗社在县文化馆开会。地震发生
后，五十多人集体遇难。

天不仁兮降大灾，诗人罹难竟成灰。
群星齐暗增忧愤，举国同悲失俊才。

惨月风吹千鬼唱，荧屏唁吊万言哀。
北川瓦砾埋幽恨，银汉长河泪雨催。

野史亭

雁门疏雨淡云烟，野史亭前祭古贤。
北国情思成稗史，中州绝唱壮金源。
孤忠大节千秋颂，直笔诗风万代传。
醑酒荒坟惟一恸，虔心再拜读遗篇。

聆听钱明锵先生讲课

钱江钱老莅并州，又作当年万里游。
吊古轻车飞雁塞，寻芳烟柳看渔舟。
华堂谈律敲诗美，酒店推心运语柔。
儒道侠风真志士，夕阳无限晚晴幽。

题《山西名胜诗联》

霍山汾水古并州，千里风光笔下收。
落日长河舒望眼，雄关烟雨壮云游。
心怀家国亲三晋，胸涌诗涛登百楼。
佳句新吟成一峡，人间胜景话从头。

岳王墓

挥手凌云复北疆,黄龙未捣已先亡。
中原百战夷魂散,砥柱一身宋祚长。
后世人歌心报国,当时谁羡骨封王?
英灵寂寞谁知晓,松柏鲜花绕墓香。

戊子元日即兴

2008年1月,中国、美国、俄罗斯等国家都发行了精美
的以老鼠为题材的生肖邮票。集邮者以购得一枚为乐事。

戊子年来鼠票娇,西山晴雪景妖娆。
心忧通胀成冰火,眼见扶贫和玉箫。
天外闲云无影迹,壶中春色任逍遥。
荧屏连日观歌舞,梅信飘香过野桥。

岁末感怀

诗书又叹学无成,花甲年华难意平。
物价腾飞房价涨,一方幽暗八方明。
旧家老病三余少,故国新春万木荣。
但愿阳光能普照,豪宅寒窑共阴晴。

新年幻想（二首）

以民为本重民生，只盼当权言必行。
矿难工人灾减少，资金股市利增赢。
太空行走功勋著，航母巡洋心愿成。
源本寻根同一治，党风纯正政风清。

鼠年治鼠愿能求，奥运北京全力讴。
四海宾亲歌盛会，五环旗艳照当头。
和谐不是催眠曲，弱势也应居有楼。
冬去春来三晋地，汾河再甩手中钩。

游榆次后沟村（二首）

远离尘嚣古风淳，窑洞民居瑞气新。
叠翠峰峦莺燕舞，静幽村院犬鸡闻。
秋收春种田园乐，花好月圆天地魂。
老酒飘香人不醉，知青饭店品山珍。

游人愿作后沟人，绿绕农家烟景新。
寺庙戏台留古韵，老槐旧宅焕青春。
南山浓抹夸秋好，村女淡妆迎客亲。
摘枣摘梨登野岭，桃源胜境洗心身。

元好问逝世七百五十周年

诗贤学者祭斯翁，世代人间善恶同。
有德于民民纪念，有功于国国遗风。
丹青翰墨挂墙壁，骤雨新荷响耳中。
莫道文章憎命运，名山事业万年雄。

解放军建军八十周年

揭竿而起换新天，旋转乾坤八十年。
火燃井冈红一角，旗飘陕北动三边。
御夷洗辱惊环宇，开国定基息战烟。
变幻风云舒望眼，军威忠勇胜从前。

游常家庄园（三首）

十里莺啼桃杏花，艳阳高照北常家。
楼台献曲名媛笑，书院题诗才俊夸。
儒雅清风传后世，义仁诚信走天涯。
昭余湖畔人独立，碧海成桑看暮鸦。

泽惠晋川凝露华，眼前可是帝王家？
千间画阁连西苑，十里杏林披碧纱。

富贵儒商留旧迹，风流词客品新茶。
荣衰成败非天意，历史长河几浪花。

古木楼台连画廊，芳林旧院百花香。
小轩听雨残荷静，高阁观田紫燕忙。
云聚云飘思变幻，人来人往说辉煌。
晋商崛起诚而信，积善人家福运长。

咏祁县渠家

古县昭余才俊多，渠家兴旺在人和。
经商贩小积金粒，营票融资成大河。
义播名扬中外路，功成人浴凤池波。
尊儒知耻明家训，诚信年年伴玉珂。

游乔家大院

乔氏辉煌在眼前，雕梁画栋记当年。
江南风雨关山路，塞北寒霜大漠烟。
财聚九州家有圣，汇通四海国无贤。
儒商诚信留人世，一朵红云出日边。

贺桃园诗社成立二十周年

诗人结社聚桃园，三晋领开风气先。
师宋师唐扬国粹，知今知古效前贤。
作书绘画群星灿，普及提高众志坚。
二十年来多硕果，文坛佳话九州传。

贺《六味集》出版

诗花并蒂曲花开，古调新筝仰大才。
李杜风华苏子笔，灵山墨韵凤歌台。
红梅玉树随心鉴，彩缎霞云任意裁。
六味集成传艺苑，晋阳赏雪待君来。

《论诗千首》编后有感

华星秋月见诗奇，沧海骊珠燕誉驰。
泰岱山高人仰止，梧桐树大凤来仪。
情钟宋韵标新意，力唱唐风寄远思。
日日笔耕研细律，弘扬国粹众心知。

读《温祥诗存》

老凤清音自在鸣，诗词争艳曲争荣。
不吟风月添新意，懒寄闲情除旧声。
歌国歌家歌盛世，写贫写苦写民生。
惊天妙语留真趣，始信人间重晚晴。

读樊积旺先生《书生吟草》

书生意气赋清诗，爱国忧民大道驰。
敢著雄文除旧念，力争雅韵铸新知。
千秋笔墨千秋颂，万里长风万里思。
日月江河流大地，梅兰竹菊不同时。

读谢启源《傅山十咏》

燕赵男儿燕赵风，情融翰墨忘穷通。
书承魏晋亲青主，诗学汉唐师放翁。
易水悲歌人倚树，丰城剑气凤栖桐。
并州艺苑应增色，霞照河汾映碧空。

读张四喜先生《青衫斋吟草》

花开艺苑一新枝，屈子行吟忧国辞。
世上疮痍心上泪，胸中正气腹中诗。
济贫有意钱悲少，惩腐无权恨可知。
斋内苦吟人不寐，西窗望月发奇思。

读郭述鲁吟长《求索集》

求索问天天不知，悲欢有泪赋清诗。
河汾骚韵来天外，文苑新蕾起梦思。
扶弱常怀民疾苦，反贪总恨剑悬迟。
生花应羡江淹笔，儒雅温文是我师。

读时新先生《柳溪集》（二首）

阔大雄浑成一家，柳溪漫步看奇花。
风云悲壮千行泪，家国繁荣万朵霞。
挥墨疾书三砚水，寻诗慢品一杯茶。
高吟日夜忧民苦，又见晨光照碧纱。

王子吹笙到柳溪，莺鸣花艳草萋萋。
诗词翰墨真情趣，故国河山晓梦迷。

一曲瑶琴汾晋绕，半生书剑圣贤齐。
清风明月荷塘路，广厦常思念庶黎。

读黄文新先生《卧风楼诗稿》

古锦诗囊入眼迷，卧风楼上晓莺啼。
人生价值勤思索，祖国前途乐品题。
古寺寻幽芳野外，农家留墨杏园西。
咏禅悟道心高远，无限夕阳花满蹊。

读尹昶发先生《郇风庐诗存》

述志吟怀情也豪，一腔正气化诗涛。
刺贪刺虐无私念，歌水歌山有凤毛。
墨海书坛留影迹，唐槐文苑动风骚。
师今师古能新创，关注民生格自高。

读梁希仁先生《濮风斋诗草》

剑气文光有古风，中州沃土胜江东。
从军跃马驰千里，敲韵吟诗醉万盅。
爱国心诚溶血液，忧民情切入篇中。
西园皓月歌云路，师宋师唐律语工。

读《昭余存韵》赠作者高履成先生

昭余存韵韵依依，日丽风清花满溪。

人爱天然轻旧律，语求俗雅重新奇。

五唐结社书生老，三味成诗醉眼迷。

意蕴情真歌故土，雨荷曲论启新题。①

①注：高履成认为元好问的《骤雨打新荷》是词，不是曲。在网上引起争论。

贺《解贞玲诗书选萃》出版（二首）

喜见艺坛花又开，更惊三晋女儿才。

鸾翔凤翥龙蛇走，玉润珠圆神韵来。

每赋诗词增雅趣，新添兰菊自培栽。

并州四月春光艳，文采风流登玉台。

每读新诗细细吟，清词丽句沁人心。

幽兰赋韵闺中梦，皓月吹箫柳下寻。

镜对青山留雁影，人书奇志惜花阴。

果然三晋多才女，一样悲欢翰墨林。

赠李金玉先生

绛帐生涯气自华，文坛书苑也成家。

池塘春草多奇句，远树寒烟吟暮鸦。

下笔千言扬国粹，放歌十卷奏胡笳。

吟诗敲韵情无限，翰墨风云重晚霞。

参观甲午海战纪念馆

落后人欺时局难，列强如虎海疆残。

狼贪岂忘心流血，蚕食须知泪不干。

强国应醒民众志，御夷还仗剑光寒。

雄鸡一唱东方亮，华夏腾飞举世看。

老有所乐（二首）

人生何事乐陶然？访旧云游吊古贤。

东到泰山磨汉瓦，西临渭水望秦川。

吟诗手指江南月，逐梦身披塞北烟。

气爽秋高偕老友，攀峰越岭探流泉。

人生何事乐悠悠？日伴童孙未解愁。

晨练常提三尺剑，远游愿放五湖舟。

山花戏采师陶令，竹马能骑学陆游。
始信先贤言不谬，闲云野鹤胜公侯。

汨罗江吊屈原（二首）

众弃幽兰喜恶蒿，王非鸿雁近鸥鸮。
贪心郑袖施狐魅，有恨灵均念国朝。
客祭汨罗云惨惨，我悲先哲雨潇潇。
涉江惜诵高歌处，不见湘神空寂寥。

屈子行吟忧国民，生逢浊世叹吾身。
张仪有意亲南后，楚主无心抗暴秦。
忍看怀王成秽土，须知奸佞满枫宸。
凤翔千仞依何处？渔父江风祭水神。

咏水仙

蓬瀛神韵自婵娟，到得人间曰水仙。
洁白凌波惊晓梦，芳心倩影上云笺。
清幽不占阶前地，孤傲常开雪后天。
对月徘徊思浩远，灵妃鼓瑟是情牵。

玄中寺问佛

深山访古到玄中，论道谈禅会老僧。
竹摇云飞仙世界，磕头膜拜众遗风。
虔心不见前程好，积善何因祸难生？
地狱天堂真有路？佛光熠熠对青灯。

丙戌人日

汾水迎春少画船，龙城楼苑玉生烟。
红梅白雪人人爱，俚曲民歌代代传。
酒圣诗仙人几个？犬年人日友三千。
早莺啼树知时暖，物换星移又一年。

丙戌元宵笔会

又逢佳节闹元宵，笔会华堂待月邀。
诗笑官场人逐利，曲嘲豪宅鬼吹箫。
鸾翔凤翥心随意，酒绿灯红影动摇。
焰火腾空天骤亮，春回大地暖风飘。

退休漫咏

碌碌庸庸日日忙，人生一乐赋诗章。
华灯会友余无寐，把酒临风月照床。
搜韵抒情来肺腑，遣词造句索枯肠。
空闲更喜诗词网，敲键荧屏万里航。

冬韵（二首）

更爱冬晴多碧空，雄关寒翠遍松风。
梅心傲雪知花艳，竹韵迎冰看节葱。
酒对琼瑶抒壮美，人磨淡墨忘穷通。
随缘处世随缘乐，一笑荣枯万变中。

日短天寒已是冬，松涛竹影也从容。
关山风雪遮云外，铁马冰河入梦踪。
世事从来迷望眼，人生何处不相逢。
此身愿作瑶台客，美酒新诗暮色浓。

闻 鸡

鸡鸣夜半忆刘公，舞剑披星约祖生。
天道酬勤须立志，光阴苦短怕无争。

英雄自古多豪气，竖子从来少至诚。

不在晚年留悔恨，图强发愤事能兴。

乙未元旦赏雪

降福羊来满地银，飘飘洁白变乾坤。

并州万树梨花放，旷野千山蜡像奔。

阆苑冬闲披鹤氅，楼台梦好壮诗魂。

三元复始春风荡，绿翠新红绕古村。

步韵贺李旦初校长八二寿辰（五首）

人到晚年情愈深，兰亭逸韵觅知音。

曾经浩劫风霜苦，不改丹忱赤子心。

寄意诗词鸿鹄志，壮怀家国凤龙吟。

立言立德门庭盛，鹤寿松青任雨淋。

高歌红豆胜瑶琴，人到晚年情愈深。

艺苑文坛权寄梦，诗朋曲友尽知心。

野山藏蕴千金玉，大业沉埋五彩禽。

雨雪风霜身更健，一生回首泪沾襟。

数载奔波盼好音，诗仙哲圣隐山林。

国因左祸途多险，人到晚年情愈深。

覆雨翻云谁上下？经灾历难我浮沉。
汾河岸柳潇湘梦，一钓烟波且醉吟。

诗词无价胜千金，漫咏轻歌大雅音。
善恶伪真三字狱，悲欢爱恨百年心。
世逢浩劫君多难，人到晚年情愈深。
欣喜春回华夏地，宏图医国有神针。

万里阳光万里吟，仰天大笑畅胸襟。
千杯酒醉诗词梦，万户歌传金玉音。
泼墨书怀交挚友，立言明志献丹心。
行文不改风云气，人到晚年情愈深。

步马凯副总理原韵贺《中华辞赋》创刊三周年

春兰秋菊不言迟，最艳新花有几枝？
献赋裁诗奇志树，传薪圆梦壮心驰。
开篇立意遵唐律，入境牵情胜楚辞。
一代风流多喜庆，三年阔步正当时。

第二辑

2

绝句（二百首）

题照梅花诗（十首）

半展羞颜

新蕾无限意，欲吐还娇羞。
刚报春光灿，又闻飞鸟啾。

老枝逢春

历尽沧桑久，逢春别有天。
新花新蕊俏，争艳色斑斓。

笑迎佳客

百媚千娇好，妆成待客来。
不凭新蕊嫩，真爱不须猜。

千年古梅

春风吹老树，老树结婵娟。
阅尽人间事，花开不计年。

阆苑春色

梅魂来上苑，傲骨百花羞。
莫羡瑶台曲，仙居景自幽。

欲诉还羞

迎冰冒雪开，仙子九天来。
欲诉心中事，先羞红杏腮。

靓妆出闺

应是蓬莱客，天然梦亦香。
迎风冰雪里，成对又成双。

美景洞天

风送暗香浓，瑶池路几重。
九州花下客，仰望朵云红。

并蒂媚色

情深情不露，惊艳一枝斜。
生死真心爱，化作并蒂花。

题照咏杏花（四首）

白衣天使

春光关不住，一树杏花开。
天使人间降，盈盈含笑来。

春衣如雪

轻红红一片，云锦任君裁。
一夜潇潇雨，春花浪漫开。

玉肌浴春

玉雪莹莹碧，惊艳杏花春。
摄下纤纤影，心仪槛外人。

白云出岫

远岫轻烟散，白云天上栽。
爱春春不老，只待玉人来。

原平同川雨中赏梨花（二首）

梨花春带雨，雨润惜花娇。
娇蕊盈盈态，无声韵自飘。

四月潇潇雨，同川万亩花。
莹莹香雪海，仙阙帝王家。

牛年咏牛（二首）

苦干欲何求？无私孺子牛。
秋耕春种后，绿色遍田畴。

须知牛脾气，再苦敢爬坡，
甘做开荒者，人间世代歌。

山　行

春深花烂漫，逐梦野山行。
紫阁云烟处，抚松听鸟声。

野 兰

饮露深山里，飘香年复年。
清风明月伴，圣洁有谁怜？

和榆次诗友座谈

喜赴兰亭会，亲聆大雅音。
飘飘诗韵美，真爱至情深。

读岳武穆诗

笔下风云气，低吟字字金。
平胡怀壮志，泣血见丹心。

悼姚巨货老先生

经商举世尊，家富富乡亲。
大业垂千古，高风留后人。

和岑参《渭水思秦川》

渭水东流去，何时到雍州。
平添两行泪，寄向故园流。

过山海关

还是秦时月，依然照九州。
雄关多古意，祭圣吊风流。

江边漫步和李白《秋浦歌》

落日霞光照，春江笼紫烟。
渔歌声渐远，燕侣逝前川。

村　居

清风来水面，明月照荷塘。
夜静蛙声渺，伊人入梦乡。

忆 旧

自从分别后，思念苦连年。
陌上惊鸿影，时时到眼前。

深 山

独向深山里，风光天外天。
松奇峰险峻，枕石卧花眠。

蒲津古渡

柳烟笼古渡，莺燕织新春。
绿隐浮桥畔，游船多丽人。

过汾河

虹桥如画里，扑面水云寒。
不待秋风扫，纷纷落叶残。

圆智寺宋代牡丹

前世在瑶台，千年寺院栽。
有情枝叶茂，佛韵伴花开。

漫咏辛亥人物（十九首）

孙中山

一家天下泣哀鸿，烽火狼烟血雨风。
救国救亡摧帝制，神州再造补天功。

黄　兴

首义武昌惊庙堂，改天换地赴戎装。
指挥若定三军勇，叱咤风云黄克强。

宋教仁

寻求真理向西方，宪法民权图国强。
血染申城醒后世，讨袁易帜世流芳。

徐锡麟

英风伟烈挽狂澜，一剑轻生敌胆寒。
临阵灭清先战死，国人泪尽百花残。

秋　瑾

慷慨悲歌一剑扬，风云侠女救危亡。
轩亭洒血题诗后，鬼泣神惊日月光。

陈天华

陈天华（1875—1905）湖南新化人，近代民主革命
家。留学日本，著《猛回头》《警世钟》。回国后与黄
兴、宋教仁组织华兴会，发动长沙起义未成功。在日本蹈
海身亡。

志士先敲警世钟，葬身骇浪亦英雄。
华兴烽火连天后，专制龙庭一梦空。

熊炳坤

火光霹雳动江关，第一枪声震九天。
凤泣龙悲悲末日，蛇山立马凯歌还。

廖仲恺

大略雄才革命家，拳拳报国壮中华。
联俄联共平民志，血荐轩辕血沃花。

林觉民

鸾凤情深绝笔篇，为民为国义当先。
黄花岗上英魂笑，终见共和华夏天。

蔡　锷

西南鼙鼓誓同仇，护国讨袁醒九州。
诛逆旗飘皇梦破，昭昭青史足千秋。

杨　度

　　杨度（1874—1931）湖南湘潭人，初为保皇党，主张君主立宪。辛亥革命后策划筹安会，配合袁世凯称帝。晚年倾向革命，1927年多方营救李大钊。1929年加入中国共产党，在白色恐怖下坚持党的工作。

　　一世清名冰雪姿，才华自诩帝王师。
　　与时俱进心常乐，老去歌吟共产诗。

隆裕太后

风狂雨暴晓星残，拜庙辞灵泪不干。
退位诏书心泣血，逼宫最甚是权奸。

爱新觉罗·溥仪

末世龙庭末世皇，三年宝座太凄凉。
江城炮响山河变，历尽人间风雨狂。

载　沣

　　载沣（1883—1952），宣统帝父。宣统即位，载沣任
监国摄政王。次年代理陆海军大元帅。因此，在清朝的最
后三年中，他是中国实际的统治者。1911年皇族内阁出卖
路权、大举借债，引起公愤，引发武昌起义。1911年辛亥
革命后辞去摄政王职务，1912年被迫宣布皇帝退位。

　　口含天宪亦枉然，风雨江城生死牵。
　　难忘惶惶无日夜，君权神授也交还。

阎锡山

割据山西心自雄，可怜暮岁作飘蓬。
是非成败终留恨，冷雨凄风杯酒空。

汪精卫

少歌燕市刺藩王，后奔中山意气扬。
媚日求荣终卖国，万人唾弃死他乡。

张　勋

龙旗惨淡乱纷纷，马褂长袍辫子军。
万岁声中悲落日，十天美梦化烟云。

黎元洪

道是无能却有缘，昏昏一步可登天。
江城风雨京城血，都入昭昭青史篇。

陈炯明

陈炯明（1875—1933），广东海丰人，1911年参加辛亥革命，任广东都督，1920年孙中山任命其为广东省粤军总司令。1922年背叛孙中山，勾结英帝国主义和直系军阀，炮轰总统府。后寓居香港，被推为致公党总理。

江城首义凯旋归，更有雄鹰展翅飞。
本是擒龙擒虎将，却成鼠辈悔前非。

夏日游五台山（十一首）

登山漫步

不为姻缘拜佛乡，清凉山上享清凉。
文殊迎接如来笑，南北东西五色光。

游　山

五峰灵迹画中游，紫府华林一望收。
罗汉仙花金阁寺，山云吞吐几千秋。

注：仙花山：即南台之山名。罗汉台、罗汉洞均为五
峰灵迹。

佛光寺

一路春风到佛家，青山绿树染红霞。
宝光锦界文殊院，环抱群峰遍野花。

显通寺

仙山灵气在香烟，壁立群峰蔚壮观。
不见莲花千叶祖，此身仿佛置云端。

登灵鹫峰

仙风为我扫阴霾，雾散云消把路开。
虽少金丹多俗事，宽心笑口似如来。

五郎祠

犹忆当年战马嘶，虔心再拜五郎祠。
沙场未死男儿泪，成败是非空怨谁？

说法台

今日登山有佛缘，法身法眼坐观天。
钟声悠远依双树，云海波涛梦大千。

到中台

翠岩万壑隐仙宫，远树清风闻晚钟。
幸有文殊来作伴，中台醉卧待神封。

塔院寺

说唐吊宋话君王，每见敕封藏阁堂。
拜佛台山唯一愿，风调雨顺润尧乡。

五台绝顶

俗念尘心一霎消，云梯登顶我逍遥。
佛光普照禅心动，游子此来吹玉箫。

咏僧侣

兰若香烟佛路长，袈裟钟磬坐禅床。
此生只祷来生福，业尽情空伴夕阳。

次韵和武会长《唐宋诗人词家漫咏一百首》

王 绩

醉卧东皋醉赋诗，常吟最喜秔陶辞。
相依鸥鸟休闲日，应是人生得意时。

王 勃

敏悟天才千古稀，诗文卷卷有光辉。
滕王阁序天涯颂，世代人吟孤鹜飞。

杨　炯

虽有陈隋空范风，边关征战咏长弓。
卢前王后心何傲，名噪初唐翰苑中。

卢照邻

一扫六朝萎靡音，歌行律绝试新吟。
长安歌舞红尘散，日月江河万古心。

骆宾王

一篇讨檄笔如椽，坎坷平生情可怜。
声律渐成风骨备，初唐四杰创新天。

杜审言

雅韵骚风传子孙，心追屈宋做诗人。
虽然未夺当时冠，后代阿孙已绝伦。

宋之问

供人玩乐赛黄莺，先附易之后太平。
虽对诗词开细律，德污难获众同情。

沈佺期

律绝求工意创新，宫廷御用是诗人。
诗多谄媚无佳作，谗附奸邪已卖身。

贺知章

偶咏乡情凌碧空，绮思雅韵语言工。
镜湖二月春风冽，清谈风流寂寞红。

张若虚

终唐诗作浪淘沙，传颂千年即大家。
月夜春江真绝唱，蓬莱仙境凤池夸。

陈子昂

触忤奸臣罹祸殃，领军改革在初唐。
不吟浮艳齐梁体，斩棘披荆陈子昂。

张九龄

望月天涯百感生，咏怀抒志感君明。
情真意切无雕饰，盛世名家兰桂情。

王之涣

每赋新词意不穷，关山朔漠起悲风。
双鬟果唱凉州曲，阔大雄浑凌碧空。

孟浩然

求官归隐皆时风，欲渡洞庭风雨中。
自赏孤高山水乐，扁舟湖海一渔翁。

李 颀

征战从军乐不愁，韵高体律誉神州。
词新意古歌行体，饮马桃花古渡头。

王昌龄

宫怨闺情笔下生，新诗七绝唱平明。
果然不负诗天子，意旨微茫更有情。

王 维

诗中有画意清新，远爱青山近爱云。
归隐田园无限乐，孤烟大漠话从军。

李 白

身为将相又如何？但愿江湖发浩歌。
啸傲王侯诗万首，清风明月醉银河。

崔 颢

云灭云生无所求，大江东去不回流。
好诗尝令诗仙叹，李白不题黄鹤楼。

王 翰

自比王侯人笑狂，立功朔漠此心刚。
为诗又擅歌行体，一曲凉州韵味长。

高 适

夏日胡天舞雪花，总戎楚蜀历黄沙。
长剑归来歌塞外，诗坛独步是名家。

刘长卿

中唐大历誉长城，委婉多姿意象明。
谪宦三年悲楚客，清辞妙句自天成。

杜　甫

笔底波澜树大旗，千年诗圣圣名垂。
良师典范留人世，启后承前知是谁？

岑　参

语奇体峻写烽烟，淡远沉雄河朔天。
笔力情怀追李杜，丹墀偶谏梦难圆。

张　继

千载枫桥留客多，钟声远播鸟回窝。
寺因诗好名声大，应谢张君唱颂歌。

钱　起

潇湘神女态悠然，鼓瑟清音袅袅还。
如幻如真奇格体，诗成思绪涌清泉。

贾　至

流人逐客惨愁容，畅想春思觅古风。
奇特构思奇特语，诗情妙理寓言中。

郎士元

诗书画印艺相通，鸥鸟松风与友从。
禅寺问禅求好句，登山临水望青峰。

韩 翃

年年寒食是佳期，正是名家得句时。
送别诗中无俗绪，桃花红雨惹相思。

司空曙

放眼轻风一小船，江村胜景不求全。
率真朴挚清新语，诗意悠悠思浩然。

李 端

律绝诗词求变型，清新秀美吊湘灵。
流风余韵学高适，鸾凤和鸣站玉瓶。

戴叔伦

愁颜衰鬓钓兰溪，屈子祠前鸥鸟栖。
婉转赋诗求远韵，李桃不语下成蹊。

韦应物

年少荒唐万事空，郡州出抚与民融。
建安神韵陶潜骨，兴废诗风变革中。

卢　伦

激烈边关歌战神，将军威勇艺惊人。
平生莫问封侯事，醉卧沙场有几春？

李　益

燕赵初游杨柳青，新诗七绝咏边庭。
男儿仗剑轻生死，忧国忧民兰桂馨。

孟　郊

一篇游子有情思，浪迹天涯念母慈。
悲苦人生悲苦泪，春风得意也成诗。

畅　当

美景豪情情寄楼，红尘凡世几人优？
命由天定天何在？无论上游还下游。

崔 护

踏春艳遇喜多重，不忘桃花香味浓。
戏剧传奇成戏剧，舞台演唱胜尘封。

常 建

辞官归隐樊山林，鸾鹤西江发浩吟。
古寺钟声禅意远，构思巧妙逸清心。

张 籍

比兴风骚歌牧童，南山猛虎逼人穷。
声声字字人间泪，只愿家家皆物丰。

王 建

羽林恶少戏村姑，笔下无情揭恶夫。
司马深知民疾苦，宫词百首绘悲图。

薛 涛

娇艳牡丹心自高，奈何命被他人操。
能吟会画多才艺，每用花笺忆薛涛。

韩　愈

苦读书经破锁枷，深知学问海无涯。
论诗师古又能变，变创求新是大家。

刘禹锡

直言改革犯雷霆，良策无缘达圣听。
乐向民间寻碧玉，秋江唱罢唱山青。

白居易

长安遥望紫云漫，乐府民歌堆秀峦。
为事为时元白体，诗风大变地天宽。

李　绅

悯农劳作日炎炎，读后人皆知苦甜。
心念芸芸群百姓，共怜汗滴释前嫌。

柳宗元

改革中兴立志奇，诗传后世有光辉。
以文明道寓言好，讽喻鞭笞巨手挥。

元 稹

因怜神女意盈盈，写尽人间恩爱情。
更有中唐元白体，流传千古是歌行。

贾 岛

人称岛瘦孟郊寒，月下山前枫叶丹。
僧寺推敲留逸事，作诗琢句亦心欢。

张 祜

白元应悔己无睛，处士吟诗苦研精。
莫叹高风知己少，文人相妒蔽神明。

注：张祜以处士终身，有《张处士诗集》。其诗为元
稹白居易所抑。杜牧为其鸣不平。

李 贺

名山事业是奇人，猎艳搜奇事也真。
莫道诗中多诡异，英花灿烂拜天神。

许 浑

丹阳高士卧明堂，晚眺西楼风雨狂。
律绝求工言语稳，离离禾黍断肝肠。

杜 牧

买笑青楼也有诗，早年傲世壮心驰。
诗求意境深高绝，咏史抒情自天资。

温庭筠

平康浪迹忘穷通，书剑飘零如梦中。
济世安民空有策，艳词初创立新风。

李商隐

二月春江不染泥，窥花吴苑钓兰溪。
诗思朦胧情无限，名曰无题是有题。

罗 隐

感叹人生吟蜜蜂，伤时讽喻此心衷。
今朝有酒今朝醉，得失由天来去空。

皮日休

愤世忧时岂等闲，深知民怨不开颜。
参加起义图新变，征战方知世事艰。

陆龟蒙

诗求险怪号闲人，游戏回文情不真。
收税蓬莱乃奇想，语言纤巧也传神。

韦　庄

龙游凤灭感兴亡，秦妇吟成照野芳。
江雨台城烟柳绿，伤时羁旅别闺房。

黄　巢

日暗江山岁岁寒，改天换地众心欢。
揭竿聚义行天道，九鼎荣登龙凤团。

聂夷中

故里家乡荒草侵，毕生心血为民吟。
卖丝粜谷田家恨，一片英贤赤子心。

司空图

画像凌烟志不寒，一生进退尽波澜。
品诗品美春光暮，归隐山林天地宽。

章 碣

诗中激愤苦中来，寓理抒情韵壮哉。
堪笑秦皇忧祸患，焚书枉费域中财。

韩 偓

感时伤事雨淋淋，哭望长安孽子心。
情艳词华新色调，西园醉酒对花吟。

杜荀鹤

学诗科考盼升迁，笔伐当朝黑暗天，
慨叹兵民多赋役，悲吟愁唱度余年。

王 驾

社日狂欢奋笔题，家家扶得醉人归。
桃源理想成真境，祈福迎年思绪飞。

花蕊夫人徐氏

巾帼英才有盛名，赋诗怀国万民听。
君王畏敌先无志，不是蜀中少男丁。

李　煜

奢侈平庸早丧邦，填词度日洗愁肠。
君昏臣黯全无用，枉负杀名笑宋王。

王禹偁

雨恨云愁怜老农，畲田播种盼年丰。
但求四海闲田少，不写官场奢靡风。

林　逋

孤山碧涧鹤梅乡，树绕吾庐花放香。
飞鸟寒烟云起处，先生命笔赋诗章。

范仲淹

先忧天下守终身，屡败西胡止嚣尘。
长烟落日从军乐，词豪韵放第一人。

晏 殊

天涯路尽望贤良，美酒新词对夕阳。
不蹈前人言旧语，有情何必到高唐。

柳 永

白衣卿相有词名，别绪离愁儿女情。
暮雨江天留远韵，偎红依翠众相迎。

梅尧臣

每念田家泪暗倾，咏诗明志踏歌行。
村豪威福农夫恨，谋国忧民是圣情。

欧阳修

盛世修文肱股臣，醉翁亭畔咏芳春。
诗风雄健词风丽，承继先贤掖后人。

司马光

盛世名臣颂盛时，砸缸事岂等闲之。
爱君忠义留风范，触景生情也赋诗。

王安石

广著诗文重在行，易风立法不求名。
千年糟粕如能弃，富国强兵荣汴京。

苏 轼

大江东去地天宽，一代文豪挽巨澜。
书画诗词皆绝唱，文坛千载蔚奇观。

晏几道

醉别西楼忆旧荣，语工词婉写离情。
孤怀难遣炎凉意，垂泪风声和雨声。

黄庭坚

治平进士志师苏，点铁成金誉五湖。
开创江西诗一派，过追技巧趋虚无。

秦 观

诗思俊逸字含情，千首新词胜九卿。
皓月星空贬谪路，天涯旧恨怨神明。

贺　铸

悲壮缠绵发浩吟，征夫思妇泪沾襟。
可怜文武兼资辈，咏弄诗词老野林。

陈师道

子书经集启愚蒙，凝练高雅能避同。
寻丈山河间万里，后山体格语求工。

周邦彦

自吟自谱感穷通，琢句雕章逐律工。
应是词坛高斫手，为何声弱似寒虫。

李　纲

忧国忧民颂九章，攘夷修政挽危亡。
庙堂玉树歌声乱，北伐落空哀李纲。

李清照

靖康离乱恨难休，花自飘零人自愁。
漱玉词成情未尽，潇潇雨打木兰舟。

岳 飞

长车破敌卷残云，壮志抒怀卓不群。
报国忠君身亦死，遗民泪望岳家军。

陆 游

山河破碎势临危，行乐君臣志不移。
报国无门徒有恨，泪流空作示儿诗。

范成大

愿写园田花放香，十年漂泊苦争强。
秦烟楚雾山林乐，只惭无功答圣王。

杨万里

诗能活法灿如霞，壮美风光不在花，
静动刚柔成一体，诚斋体式是独家。

朱 熹

百卉凋时也有荣，水仙温艳腊梅莹。
轻文重理诗言志，化作人间博爱情。

张孝祥

争羡刑天死不降，状元谋国性直刚。
遗民泪望江南日，已将诗词做投枪。

辛弃疾

靖康雪耻敢挥刀，诗论千秋韵自高。
北望中原盈热泪，悲歌击筑叹英豪。

陈　亮

国难当头羞觅芳，英名千古溢清香。
黄钟大吕余音绕，更爱词人陈亮狂。

叶绍翁

七言绝句有遗篇，有理有情能两全。
一首游园声韵美，九天云外玉音传。

姜　夔

燕燕莺莺梦里花，新词入律胜琵琶。
华章丽句清新曲，门客词人成一家。

吴文英

鸿雁回归恋旧巢，词人清客自飘摇。
幽深曲折多奇语，依附王门无鹊桥。

严　羽

妙悟奇思意不平，苍凉沉郁语求精。
以禅比喻多诗趣，白鹿江花皆有情。

王沂孙

绿柳新痕岁月侵，新愁旧梦入词林。
江南遥看中州月，热泪难收故国心。

文天祥

舍生取义不偷生，啼血英雄梦未成。
遥拜皇天留正气，指南录记碎心程。

改革开放三十年漫咏（十首）

包产到户

改革花开喜万家，春风送暖绿天涯。
融冰解冻千帆竞，锦绣河山七彩霞。

对外开放

华夏天高任鸟飞，启关开放遍光辉。
云鹏一展冲天翼，万里翱翔带笑归。

沿海特区

特区特色特成功，沿海边城换旧容。
姓社姓资先不管，过河摸石脱贫穷。

港澳回归

脱羁雄鹰展翅飞，国威再振振军威。
千秋大业千秋笔，两制辉煌港澳归。

神舟航天

华夏起飞腾巨龙，太空也见五星红。
遨游宇宙千年梦，惊喜神舟访月宫。

乔迁之喜

娱乐休闲景色幽，居民陋室换新楼。
万间广厦青云里，遍地虹桥入画游。

和谐社会

当国当权言必行，以民为本重民生。
月圆花好家家富，共唱和谐动地声。

北京奥运

远朋追梦聚神州，奥运京城戊子秋。
歌舞鸟巢惊世界，金牌夺得足风流。

资本市场

绝处逢生喜且惊，轮回股市转阴晴。
每临跌涨须平气，冷看熊牛心自清。

诗坛兴旺

盛世人生欢乐多，修文修史赋诗歌。
师唐师宋知今古，情注毫端浴爱河。

小住晋祠宾馆（六首）

进 园

湖光山色画中游，亭榭桥廊泉水流。
树暗花明香溢远，绿荫深处贵宾楼。

入 住

油画欧风早亦闻，于今入住更知真。
归来如问梁园事，疑步瀛台拜洛神。

审 稿

秋菊春兰入眼迷，诗朋文友竞高低。
矿山儿女歌煤海，热土深情绿满堤。

改　稿

王后卢前出手高，文章百炼任推敲。
群修细改声声辩，烟雨绵绵暑气消。

九号楼用餐

灯光流彩竞奢华，靓女迎宾礼有加。
自助丰餐人自助，推杯换盏颊飞霞。

八号楼

悬瓮风光一望收，流莺低唱绕西楼。
清秋日暮潇潇雨，既洗轻尘也洗愁。

汶川抗震救灾（三十首）

地　震

山崩地裂塌楼埋，顷刻和谐变震灾。
灾害无情人有爱，已知总理带兵来。

救 灾

通讯电波天外传，一方有难八方援。
天兵神将如飞至，抢救同胞不迟缓。

救 人

起死回生上万人，顶风冒雨雨淋淋。
红星闪闪军旗艳，应是当今观世音。

获 救

一见红星热泪涌，亲人有望获重生，
雨中施救争分秒，惊喜娇儿唤母声。

支 援

众志成城信是真，神州十亿结同心。
捐钱捐物排长队，献血精诚骨肉亲。

余 震

余震频频阻路难，石沙滚滚势封山。
白衣天使真情注，跑步救人闯险关。

落　泪

幼童学子废墟埋，微弱呻吟裂肺哀。

总理亲呼坚持住，风云变色泪盈怀。

港澳台

地震情牵港澳台，同根同脉共悲怀。

慷慨解囊伸援手，共渡难关抗大灾。

海　外

华人海外倍思亲，泪望家乡赤子心。

当即募捐钱物广，支援抗震救灾民。

国际支援

全球各国爱慈心，电信频频慰语亲。

急紧物资空运到，真情一片暖三春。

空中救援

大爱无私不妄言，飞机空降载人还。

汶川百姓盈盈泪，感谢全民来救援。

震　生

地震后的第一天，有小孩在帐篷医院降生，取名震生。后又有多名小孩出生。他们都得到精心照料。医生护士的高尚精神，谱写了一曲新的《爱的奉献》。

大震之时人有情，呱呱坠地喜新生。
医生护士勤呵护，已忘家中待救婴。

奇　迹

国际上普遍认为，地震后72小时为救人的黄金时间。72小时候后，胡锦涛、温家宝宣布，救人仍然放在第一位，对生命我们决不轻言放弃。在72小时、80小时、90小时、甚至100小时后，救援队仍然救出许多人。

多人获救喜而惊，企盼天天奇迹生。
生命不能言放弃，废墟抢救再兼程。

电视主持人

含泪播音不忍听，亲人罹难痛心中。
如能顷刻生双翼，飞到西川共死生。

成龙捐款

汶川地震后，全国捐款踊跃。成龙因捐款1000万元受到广大网友的称赞。网友亲切地称他为"成龙大哥"。

捐钱千万见情真，血脉相融骨肉亲。

大爱大亲多血性，汗青永记好心人。

男儿有泪

地震后，面对灾情，温总理、记者、主持人、救援队员都流过眼泪。余震来临，救援战士荆利杰跪下大哭说："求求你们，让我再救一个人吧！"这些眼泪，感动了我们，让我们实现了爱心传递。

男儿有泪更情深，眼里哀伤心里魂。

大爱有人人有志，朝阳驱散九州云。

伞兵空降

汶川地震后，茂县与外界失去联系。两天后，空军某部强行空降，为中央了解灾情打通了一条信息通道。因为气候恶劣，跳伞的十五名官兵，都写下了遗书。遗书说：万一自己出了问题，家属不要向组织上提要求，军人应该奉献。

伞兵空降也惊人，留爱遗言撼我心。
钢铁长城钢铁汉，穿云破雾迅如神。

老太下跪

济南部队某部救援队在都江堰虹口乡连续奋战了一天一夜，因没带干粮没有吃饭。虹口老乡给他们送来了饭，部队因为有纪律，没有吃。一位老太太跪下说："你们一定要吃，一定要喝！"。

革命军人律己身，连天苦战忘晨昏。
惊人一跪撕心肺，仍是当年鱼水亲。

中华孝心

在3000人大转移时，一位十几岁的小男孩因饥饿疲劳走不动了。解放军给了他几块饼干，他不吃；解放军给他打开包装，他还不吃。问他。他说："留给祖祖（奶奶）。"

古来百善孝当先，少小真心可对天。
几块饼干留祖祖，动容双泪落衫前。

爱无国界

爱无国界是箴言，银燕穿梭入蜀关。
运物同来医救队，即开手术站台前。

少年救人

自古英雄出少年，少年壮志似高山。
临危不惧背同伴，一道霞光照校园。

川女感恩

　　一个被救的小女孩，手里紧握着两枚帽徽，喊着救她的两名解放军战士的名字。

手握红星泪满襟，巴山儿女永知恩。
他时我若能行走，踏破鞋寻救命人。

武警、干警

华夏精英铸国魂，濒危时刻献吾身。
救人临震余生后，爱筑长城退死神。

帐篷医院

天使声音天使情，问伤问痛手轻轻。
连天日夜关心备，大爱能催奇迹生。

警官献爱

警官蒋敏在12日大地震中失去了3位亲人。但她坚持了
五天五夜抢救受灾群众，最后晕倒在救灾现场。

纤纤弱女弱娇身，立地顶天成巨人。
强忍失亲心内痛，更将大爱送千门。

葬　埋

肃立哀思泣血哭，追怀祈祷慰魂孤。
安息逝者休牵挂，重建家园全国扶。

全国哀悼日

全民悼念泪沾襟，半降红旗天雨阴。
但愿灵魂能告慰，大灾过后艳阳春。

志愿者

热血青年报国恩，孤忠大义为人民。
真心奉献无私念，余震声中入剑门。

记　住

地震发生，有许多老师为救学生最后离开教室而光荣牺牲。我们要永远记住他们。

神州不幸大灾临，生死存亡在秒分。
为救学生先罹难，万民盈泪祭英魂。

总理保重

总理也是血肉身，至诚大爱菩萨心。
呕心沥血指挥好，苍天应佑年迈人。

漫咏奥运世界冠军（五十首）

许海峰

弹弓打鸟露峥嵘，练就神枪动地声。
奥运夺金零突破，朝霞托出日光明。

栾菊杰

当年强手阵如云，仗剑挺身豪气新。
欧美扬威秣陵客，赛坛独步是斯人。

刘　璇

潇湘神韵楚江姝，竞技奇才万众呼。
夺冠归来春未老，荧屏又亮美人图。

邓亚萍

台上银球台下功，十年辛苦自成龙。
风云变幻乒坛战，每夺金牌气若虹。

杜　丽

五环圣火起烽烟，翘首西天一梦牵。
夺得首金传喜讯，绿枝橄榄罩婵娟。

伏明霞

身若惊鸿落碧池，临屏万国睹芳姿。
神州大众狂欢日，正是明霞夺冠时。

马燕红

练就神功如燕轻，灵心慧性意多情。
报春花艳春来早，圆梦人生彩凤鸣。

王军霞

东方神鹿志昂扬，勇夺金牌奥运场。
泪眼情思情不禁，红心汗水铸辉煌。

罗雪娟

蛙后娟娟碧水游，巅峰时刻也风流。
夺金捧奖荧屏转，万户千家喜满楼。

程　菲

一跳空翻举世惊，体操史上纪英名。
夺金摘冠寻常事，眼望红旗热泪盈。

邢慧娜

万米长长意志坚，心怀家国气如山。
欢呼奇迹龙风卷，今夜新星照五环。

孙甜甜/李婷

莘莘学子路艰难，斩将冲关霸羽坛。
奥运风云酬夙愿，人生一搏地天宽。

李　宁

全能十项不虚传，天马行空任我先。
囊括金牌人几个？体操王子站峰巅。

刘国梁

快攻快打快如风，威镇乒坛气自雄。
大国强兵多败北，升旗每见五星红。

田　亮

跳台碧水竞风流，奥运金牌囊里收。
雅典风光无限好，英名早已遍神州。

占旭刚

临场一站稳如山，力举杠铃如等闲。
仪态悠闲招手笑，金牌到手凯歌还。

陈　中

也是娇娇靓女身，个中艰苦倍酸辛。
此身已献跆拳道，饮誉金牌弥足珍。

郎 平

一锤定胜铁榔头，网上长城神鬼愁。
突跃横空发威力，金牌夺得足风流。

王 楠

夺秒争分大器成，乒坛几次败群英。
人生有志心常乐，再展宏图看北京。

杨文军/孟关良

碧水蓝天雅典风，如飞划艇驾双雄。
夺金饮誉欢声动，万里山河日照红。

陈跃玲

落成铜像喜洋洋，铁岭又添风景墙。
爱国爱家奇女子，夺金奥运写辉煌。

刘 翔

一跨一冲身在前，彩云朝日舜尧天。
夺金强国原非梦，拥抱欢呼热泪涟。

桑　雪

昔日精神今日魂，金牌催放满园春。
英雄不说当年勇，华丽转身成艺人。

叶乔波

体坛惊艳出冰场，神韵风旋美益彰。
速滑金牌多到手，一枝红杏报春光。

庄晓岩

白山辣妹也英豪，不用千金买宝刀。
柔道场中赢对手，金牌美誉九天高。

女排夺冠

网上英雄壮国魂，多年苦练技惊人。
败中求胜真奇迹，落后翻盘如有神。

唐功红

力大身高壮此生，苦心训练苦心争。
临场气压三强手，一挺能扶大厦倾。

熊 倪

戏剧人生戏剧情，失而复得慰平生。
英年壮志不言败，一跃冲天万里鹏。

高 崚

青春偶像楚天骄，奥运金牌起鹊桥。
双喜临门人未醉，江南美景柳千条。

张 军

后场攻势发神威，进退连连白羽飞。
队友高崚深默契，夺金阵上出重围。

张 宁

十年辛苦任浮沉，大器晚成终夺金。
迟放鲜花花艳丽，高山空谷响瑶琴。

李对红

人生好事即多磨，苦练年年和泪歌。
一旦功成金到手，阳光万里照山河。

刘春红

刘家有女爱春红，训练闲暇画卡通。
一举千钧传喜讯，神州大地荡东风。

楼 云

全国十佳名自高，夺金奥运气何豪。
楼云跳法能名世，更壮钱塘雪浪涛。

郭晶晶

出水芙蓉多粉丝，翻腾起跳韵如诗。
水花微溅波澜小，无限阳光亮丽姿。

顾俊/葛菲

美梦成真霸羽坛，女双连胜忘流年。
人生一搏终无憾，理想放飞冲九天。

吴数德

天神大力夺金来，棋画诗书羡大才。
人贵穷通情不改，推心博爱胜瑶台。

高　敏

封皇常忆汉城秋，一跳翩翩入碧流。
霎那美姿惊世界，巴山蜀水乐悠悠。

陈伟强

应是陈家感上天，三人举重出三贤。
伟强更是豪情注，奥运金牌到手传。

曾国强

奥运金牌第一人，江河逐浪也伤身。
不师屈子吟湖畔，暮雨西风月一轮。

李玉伟

百步穿杨始信真，人生学艺务精纯。
艺高胆大天能助，奥运金牌我独亲。

吴小旋

孤山雏凤出芳林，无敌神枪勇夺金。
越女含情情切切，师恩不忘泪沾襟。

周继红

技压群芳美若神，大洋彼岸梦成真。
掌门跳水多奇迹，举目神州桃李新。

杨文意

体育世家承父风，苦中求乐此情衷。
从来天道酬勤奋，折桂何须到月宫。

王丽萍

梅花香自苦寒来，志夺金牌何必猜。
不做世间庸碌女，登高一亮响惊雷。

王一夫

一声枪响定乾坤，人到中年浩气存。
爱国情深心有志，金牌灿烂胜诗魂。

冼东妹

十年磨剑自艰辛，一日夺金人倍亲。
雅典星空谁最灿？将风侠骨女儿身。

中国女足

玫瑰靓丽韵铿锵，驰骋迂回意气扬。
脚下球飞若魔术，欢声雷动绿茵场。

邢傲伟

欲登顶峰苦争先，夺冠时分一瞬间。
鞍马吊环惊健美，欢呼声里凯歌还。

吴敏霞/郭晶晶

奥运夺金三尺台，双双入水浪花开。
蓬瀛神韵人中凤，雅典新星雪里梅。

榆林游（九首）

游蒙恬墓

阴山立马拓新疆，筑就长城万里长。
三代扶秦忠孝义，千年祭祀墓花香。

游扶苏墓

仁政仁心也枉然，大奸矫诏倍欺天。
乾坤正气真情泪，万古游人洒墓前。

游李自成行宫（二首）

弯弓射日换新天，逐鹿中原百战艰。
功败垂成千古恨，思君怅望九宫山。

成龙成凤欠东风，惜错天时帝业空。
陕北山花红似火，千秋铭记闯王功。

游蕲王庙

匡扶宋室历风尘，豪气冲天挫敌氛。
再拜蕲王忠烈庙，流芳百世股肱臣。

游统万城旧址

一统天下万民忠，大漠茫茫塞北风。
遥想单于城筑日，鹰扬野阔傲苍穹。

杨家沟革命纪念馆

革命风云逐浪高，旌旗猎猎战歌飘。
杨家沟上迎朝日，万道霞光凌碧霄。

游姜氏庄园

城堡庄园世也稀，雄浑古朴接东篱。
岚光瑞气蓝天下，紫燕双飞野鸟啼。

游佳县白云山

拜罢山神拜地神，云阶仙府数宫门。
进香居士千千万，得道成仙有几人？

凭吊成吉思汗墓（二首）

碧瓦穹庐花盛开，秋风送我上陵台。
心萦宋末千年事，铁骑烽烟入眼来。

北战南征跨亚欧，挽弓射雁足风流。
倚天抽剑成王业，赢得诗人百代讴。

永济游（四首）

永济黄河大铁牛

繁华旧梦逐云烟，九曲黄河岁月迁。
欲诉开元津渡事，浮桥竹索韵依然。

游普救寺梨花深院

情爱依依跳粉墙，莲台廊榭柳烟长。
西厢惊艳莺莺女，月色横空梦一场。

游普救寺后花园

门含塔影树含烟，燕侣莺俦天外天。
别恨离愁谁忆诉？西园静静卧秋千。

游王官峪

奇山奇水隐名臣，空谷幽兰吾道真。
表圣苦吟诗品处，香袭花照暮归人。

秦淮游（三首）

莺啼柳绿水如烟，轩榭楼台映画船。
词客追春春不老，清歌一曲雀桥边。

十里秦淮岁月迁，金陵春梦逐云烟。
丝弦歌舞游人醉，不做诗仙做酒仙。

十里秦淮满客船，六朝金粉事如烟。
吴言越语娇娇女，行乐依然年复年。

梨花（二首）

又见春风染绿枝，淡香碧雪我先痴。
芳魂娇韵轻盈步，一树梨花一树诗。

一夜花开千万枝，素裙素裹更娇痴。
游人追摄瑶台客，无限春光入我诗。

公园菊展（二首）

菊花爱我我怜花，花魄诗魂本一家。
花海花山花世界，始知仙境在秋华。

孤芳傲世凌霜开，未去争春不自哀。
岁岁观花人似海，伴君一梦到蓬莱。

山乡访梅（五首）

雪里梅花诗里魂，寻春问腊到山村。
一枝红艳墙边望，韵满锦囊香满门。

花魂本是月中魂，不恋红尘别富门。
人雅胸中无俗韵，竹篱茅舍渡晨昏。

野寺溪桥几树梅，迎冰傲雪斗妍开。
红霞红韵迎红日，已报东君含笑来。

冰姿玉骨蕴诗新，独放深山不染尘。
不愿人夸颜色好，风寒雪冷倍精神。

西山晴雪赏梅红，结伴吟诗雅颂同。
不羡繁华居世外，清风明月慰初衷。

并州幸会张存寿诗友（四首）

千里骚坛一网牵，荧屏早已结诗缘。

并州幸会京寅子，一笑龙吟大雅篇。

评诗论曲见才雄，叉手成篇有古风。
家国深情明大义，戎装也赋满江红。

师唐师宋梦魂牵，赋曲赋诗文字缘。
名动金瓯非夙愿，竹林宴罢有奇篇。

下笔果然豪气雄，锦言珠玉有英风。
论坛日日贤人会，朵朵诗花耀眼红。

读《心和四时春》呈陆炳文会长

名流雅韵自清音，忆圣思贤情更深。
两岸和谐同一笑，无疆大爱百年心。

辞岁聚餐（二首）

2014年1月26日，弟弟自平一家来并聚会，聚餐湘
悦楼。

欢乐今宵登酒楼，长街如昼望中收。
声声爆竹声声笑，洗尽风尘洗尽愁。

红晕华堂亲友临，迎新叙旧话当今。
一收短信心花放，句句深情字字金。

鼠年迎春（三首）

鼠年元日

鼠送吉祥春送花，东风送暖绿天涯。
神州遍唱和谐曲，影视歌声响万家。

硕鼠抒怀

与猫交友已无忧，民宅官仓乐九州。
可笑有人呼灭鼠，须知我辈皆封侯。

金鼠送福剪纸

金鼠娇娇送福来，福来福旺福门开。
祝君新岁文星照，莫上灯台上玉台。

丙戌年迎春（二首）

瑞气祥云出岫中，雪飞梅放兆年丰。

迎春犬吠家家乐，一夜烟花大地红。

刚送鸡声又犬声，东风送暖遍蓬瀛。
西山晴雪添诗意，天地人和万事成。

端午节

自从屈子赋华章，骚客年年拜楚乡。
米粽龙舟江水祭，九州万国重端阳。

题屈原画像

峨冠博带楚时妆，郢灭君亡湘水凉。
泽畔行吟悲国运，汨罗江上月如霜。

山 行

追春又作远山行，处处泉声杂鸟声。
最喜野花开不败，浅红深绿寄幽情。

送温祥老魂归仙境（三首）

几次夺袍残病身，大悲大苦是诗人。
哀声泪雨龙山泣，留在人间善美真。

爱憎分明笔一支，刺贪刺虐是吾师。
西天此去多荆棘，再振雄风再赋诗。

丁温宁晋架诗桥，曲到自由情更高。
满目芳菲铺锦绣，千红万紫弄风骚。

寄　远

阆苑赏花花似梦，梦中神女化朝云。
朝云暮雨情无限，无限相思独是君。

纪念彭真同志（二首）

报国飘零历万难，为争法治挽狂澜。
一生奋斗无私念，正气永留人世间。

安邦治乱大旗擎，有法可依家国荣。
泽惠千秋传万代，党心民意鉴忠诚。

纪念于右任先生诞辰一百三十周年（三首）

一代风流革命家，少年仗剑走天涯。
神州再造高歌日，泼墨钟山吟月华。

书剑恩仇立志坚，当年血战事如烟。
诗吟百载兴亡泪，故国秦关忆圣贤。

载酒江湖风雨狂，故园北望泪千行。
台湾大陆同根树，死葬高山有国殇。

读李旦初先生诗词有感（四首）

奇花千朵冠群芳，雅韵悠扬李杜堂。
三晋诗坛添异彩，名山佳作喜珍藏。

一枝红豆出神州，剑气文光冲斗牛。
翰墨风流同一笑，鱼竿诗酒伴沙鸥。

神州早已播英名，吐凤歌云神鬼惊。
同住河汾三晋地，无缘立雪拜先生。

一曲嘤鸣情韵开，行云响遏月徘徊。
三湘才子悲欢泪，戏剧人生仰大才。

读吴定命先生《知新集》

翰墨风流花自香，俊才晚节惜余芳。

诗成漫点身边事，无限情思在夕阳。

贺赵愚先生《岁月留踪》出版

从来后辈胜前贤，新韵领开风气先。

艺海诗坛生万变，与时俱进有奇篇。

读《朱生和诗书画选集》（三首）

佛地生来悟性高，丹青翰墨起风骚。

书成一卷诗成帙，汾水名山也自豪。

家住佛乡先悟禅，人生圆梦不由天。

临池研墨三缸水，追赵师王学古贤。

诗中有画画中诗，才子生涯笔一枝。

结社唐明扬国粹，柳园烟景寄相思。

读《井人诗稿》

手捧新书赏墨新，新诗多处语惊人。
唐踪有幸花千树，织就河汾十里春。

读《沪上行诗草》赠韩志清先生

沪上行吟莫忘归，三吴花放柳莺飞。
江南胜迹君评点，榆社骚坛绽紫薇。

贺《兰溪秋韵》付梓（二首）

一枝红杏画桥西，秋韵书成莺燕啼。
借得苏辛清照笔，诗花美玉满兰溪。

柳梦花魂碧玉箫，题诗雁塔也逍遥。
凌风得月琴台伴，浅绿深红汗水浇。

读曹效法先生《南桥余韵》

真情大义赋南桥，心有苍生格韵高。
李杜苏辛长拜读，临屏上网起诗涛。

贺东方首版《俯首白云》出版（五首）

远游敢放五湖舟，俯首白云奇志酬。
踏遍山河寻旧迹，秦关汉塞望中收。

瀚海雄关古战场，西风塞雁过边疆。
兴亡成败千秋事，几探遗踪吊国殇。

争霸风云难再还，悲龙吊凤到秦关。
成王败寇谁知恨？祭拜坟前热泪潸。

云飞雨卷大江涛，酒圣诗禅情也豪。
沉郁雄浑师老杜，忧民报国步离骚。

情追王粲也登楼，指点江山遍九州。
莫道书生多意气，诗传后世傲王侯。

读张梅琴《朵梅集》

花自娇柔梅自香，瑶琴韶乐傲群芳。
诗成珠玉平生事，佳作先登李杜堂。

读宋玉萍《梅心集》

一试骚坛似凤鸣，情如兰桂韵如莺。
莫惊清照来人世，玉女诗才天玉成。

贺解贞玲获第六届冰心散文奖

八斗高才文苑惊，挟书万里下泉城。
暮年仍有风云志，一笑夺袍热泪盈。

贺解贞玲诗集付梓二绝句

才媛深闺羡楚骚，秋山春水涌诗涛。
生花自有凌云笔，无限情思韵格高。

不爱铅华爱墨香，名山事业正辉煌。
词成漱玉诗成帙，花放东篱照晋阳。

读刘小云《云心思雨》

心雨润花花盛开，吹箫引凤凤飞来。
一枝笔献长门赋，七彩云霞任剪裁。

小云学诗

唐风宋韵梦初温，小试诗坛有慧根。
丽句清词歌盛世，蓬莱神韵月中魂。

山　泉

风光一路几徘徊，志远心高君莫猜。
融汇百川归大海，泥沙淘汰化尘埃。

步韵有感

吟诗步韵随心意，胸有真情不畏难。
妙悟奇思多警句，一川风雨写秋寒。

秋　菊

一夜寒流万里霜，枝枯叶败柳条黄。
菊花飒飒芳心绽，傲立西风送晚凉。

做客太白山（二首）

长安曲会韵悠悠，侣众采风山顶头。
峡谷云烟遮望眼，潇潇细雨织清秋。

贵妃稠酒碗中香，太白遗篇日月光。
盛宴联吟成亮点，凤泉神泽是仙乡。

秋　夜

文人雅士莫悲秋，秋色秋光解客愁。
明月银辉秋夜静，丝弦歌舞入高楼。

春游（二首）

又到河汾三月中，踏春看柳古今同。
烟迷碧树花争艳，嫩绿丛丛点点红。

万物春来倍有情，萎枯草木庆新生。
霞光初照林间树，卧石临流听鸟声。

画　荷

雨天再读爱莲诗，泼墨新荷画一枝。
莫笑拈花师佛祖，谈禅悟道正当时。

桃花溪

远山近树荡云烟，溪水桃花留客船。
莫问当年谁探洞，寻幽访古乐无边。

迎新晚会

辞岁联欢举玉杯，洋洋喜乐莫相催。
指间短信传心语，快到东厅舞一回。

中秋望月（三首）

万里流光望月明，月明露冷沐秋风。
秋风何故亲无寐，酒对清辉诗未成。

每到中秋看月圆，月圆欢乐满人间。
人间情爱知多少，共赏清光年复年。

明月清风又一年，一年此日庆团圆。
团圆共饮家乡酒，不羡鸳鸯不羡仙。

孟母故里

仉氏祖居汾水边，古槐小巷忆当年。
三迁教子传千古，臻圣成才知母贤。

游万亩生态园

乱红迷路笑春残，亭榭迎人人倚栏。
宿雨初收枝有泪，新槐绿柳画中看。

唐太宗敕建圆智寺

唐基帝祚起河汾，天下归心九五尊。
不忘当年珍一诺，诏书敕建降天恩。

咏桂花

三秋桂子又临晨，十里香风夜袭人。
谁道天花居上阙？人间岩畔胜阳春。

西山野望

山中美景也迷人，阔野风光遍地金。
远眺遐荒秋色艳，蜇鸣鸟唱意清新。

采野果

一枝红艳凝秋光，亮丽晶莹十里香。
愿向山中多采撷，登高远望过重阳。

山林雪景

素裹银装碧玉枝，如图如画亦如诗。
寻幽踏雪深山里，壮美潇洒我自知。

虎年咏虎（二首）

啸傲山林百兽归，虎年虎气虎生威。
人生如虎英雄胆，踏遍千峰志不摧。

独行千里哮山围，王气原因霸气威。
但愿神州多虎将，金瓯永固国生辉。

晋阳怀古（三首）

山西，唐时称"河东道"。隋唐五代，河东兵马最为强盛。占据河东就有了争夺天下的资格。李存勖、刘知远等都是以河东为根据地夺得帝位的。

青山远翠卧天龙，紫气祥云隐旧宫。
千古兴亡多少梦，王图霸业下河东。

龙山汾水两多情，阅尽沧桑忆霸争。
寻迹何须追玉兔，黍离麦秀晋阳城。

龙楼凤阙已尘埋，舞榭难寻旧日台。
逐鹿群雄今可在，风烟柳浪话英才。

杨家祠堂

忠臣孝子世流芳，百代情同悼国殇。
野战三关留胜迹，后人吊宋忘君王。

苏三监狱（二首）

楚馆秦楼君莫轻，风尘弱女自多情。

孤身缧绁蒙冤泣，千古恩仇恨泪盈。

监狱森森诉怨言，无情枷锁锁名媛。
权钱交易如惊现，注定人间有巨冤。

青　冢

汉宫长锁使人愁，羡雁高飞慕雁游。
千里草原驰骏马，何须望月独依楼。

灵石韩信墓

陵墓风悲探迹踪，将星陨落未央宫。
纵观千古功臣命，祸福存亡一念中。

夜过貂蝉故里

应胜荆轲刺暴秦，除奸竟舍女儿身。
忻州故里过何见？曾照貂蝉月一轮。

惊天一问

　　新浪网上发表了熊培元的文章。他问：黑窑事件怎不见山西有人引咎辞职？问得好！也许我们大家都想一问。

惊天一问众心明，莫蹈官官相护情。
庸者如能辞其位，人间应少集中营。

步苏轼《惠崇春江晚景》韵作

春江拂柳看新枝，鸭戏风轻情自知。
岸上桃花红一片，莺俦燕侣醉明时。

清明雨

清明扫墓雨凄凄，可是娘亲天上啼？
坟冷碑孤谁与诉，陵园寂寂暮云低。

五府营村摘杏

碧绿层层清气扬，枝头红杏画中香。
园林深处人声响，笑语轻盈采摘忙。

赤桥村

太原市赤桥村，不仅历史悠久、人才辈出，而且风景
优美，依山傍水。刘大鹏先生曾把他故乡的风景概括为十
景。今依其十景，凑成一绝。

虎岫浮岚古洞幽，杏花坞畔赤桥头。
龙冈叠翠钟声远，鼎峙唐槐晋水流。

洞儿沟

洞儿沟里品桃鲜，田野飘香绿满川。
苹果花椒桃李树，枝连浥露玉生烟。

七苦山

七苦山中七苦仙，仙人不见见云烟。
登高自有登高乐，啸傲一声声震天。

贺同创果蔬合作社成立

科普兴农富万民，果蔬合作共艰辛。
同心同创开新路，五府营村户户春。

榆社石勒墓

草莽英雄据五州，揭竿奴隶废君侯。
风云变幻成王业，陵墓萧萧月一钩。

榆社咏梨花

梨花如雪雪如云，十里飘香香暗侵。
疑是蓬莱移榆社，梦中仙境月中人。

岩良品尝农家饭

绿色天然一饭香，南瓜小米我亲尝。
农家风俗农家乐，身远红尘日月长。

神七问天（二首）

冲天不易问天难，漫步银河韶乐弹。
华夏精英酬夙愿，神舟七号报平安。

出舱行走看神奇，建站太空知可期。
饮宴瑶池新贵客，航天服标五星旗。

拍案惊奇

　　报载：江苏省建设厅长徐其耀，共有情妇146位。四川
乐山市长李玉书，20个情人年龄都是16~18岁。

拍案惊奇奇更奇，如今腐败太迷离。
若非公仆拥公款，哪有花枝横玉姿。

点　亮

2008年3月24日，北京奥运圣火在希腊雅典奥林匹亚遗址内的赫拉神庙前点燃。

点亮文明圣火传，蓝天神庙鸽飞旋。
绿枝橄榄山坡舞，友谊和谐又一篇。

游天门关

天门关旧迹羊肠坂已开辟公路。道路虽然繁华，但车声滚滚，拉煤车一辆接一辆，车速也快。站在路上，其时也颇心惊胆战。

寻幽探胜到天门，旧迹羊肠已不存。
壁立群峰遮望眼，车声滚滚也惊魂。

村　居

豆架瓜棚绿色迟，连阴六月雨丝丝。
荷花吐艳横塘路，正是诗家踏月时。

马嵬坡反思

　　唐玄宗本是杨玉环的老公公，玄宗强迫儿子离了婚，娶了儿媳妇。老公公和儿媳爱得死去活来，本是丑事一桩。这么一个荒唐的故事，千百年来，却被一些文人学士反复歌唱。可见，自古以来，中国人认识事物都是两把尺子、双重标准。道德只管老百姓，富人无道德。

　　公公儿媳已荒唐，何故荒唐受颂扬？
　　道德从来关百姓，不关美女和君王。

题上海世博会（二首）

　　异域风光华夏地，天街珍宝凤池春。
　　多元融汇多姿彩，美酒新诗敬主宾。

　　万国风情一日游，交流文化写春秋。
　　和谐盛世蓬莱境，绿色阴浓登画楼。

题中国馆

　　东方之冠展英姿，叠构红层映碧池。
　　树绿花香通曲径，九天韶乐凤来仪。

题山西馆

亘古文明华夏根，唐基宋祚起河汾。
晋商诚信千秋誉，又献乌金照世人。

贺香港散文诗学会成立十五周年（四首）

香港散文诗学会成立

艺海轻舟初试航，兰开深港放幽香。
春回大地花争艳，名士风流共徜徉。

两卷本《香港散文诗选》首发式

书成两卷笔耕勤，文苑初惊生力军。
翰墨风流同一笑，天香兰蕙几缤纷。

香港《散文诗论文集》

幽兰绝唱野山陂，色淡香浓天下知。
韵雅格高春色妍，莹莹素蕊绽奇姿。

创办《香港散文诗季刊》

芝兰独放绽奇葩，南国天骄成大家。
纸贵洛城君莫问，千秋笔墨映丹霞。

贺香港《夏声拾韵》创刊（八首）

诗心结社

结社高吟情也真，夏声拾韵玉楼春。
广交天下诗文友，万里风清月一轮。

天香刻刊

言志言情系国魂，鸿篇一册牡丹门。
骚人唱尽天香曲，一醉方休借酒温。

菊卷铺金

咏菊诗成乐有余，秋光秋色雁飞初。
诗魂已共花魂舞，拾韵夏声奇志舒。

荷风入纸

六月荷塘花放香，天光云影共清凉。
新吟雅韵成书后，博爱诗魂莫更张。

雪梅争韵

一曲红梅唱远山，诗人兴会忘冬顽。
洋洋洒洒多佳句，妙语奇思不忍删。

桂雨高吟

三秋雁阵柏森森，八月桂花香满襟。
一卷诗成回味久，南北骚客共高吟。

幽兰待放

空谷佳人乃国香，骚坛共唱绣春光。
芳姿幽艳如娇女，沐雨含苞客欲狂。

时空交汇

传承国粹我重赓，文白交融除旧声。
世事荣枯均万变，推开柳暗即花明。

咏祁寯藻

挥翰凤池王佐才，致君尧舜位东台。
著书麟阁丹心献，一朵红云驾日来。

注：东台，官署名。唐高宗时改门下省为东台，中书
省为西台。苏东坡有诗云："朔野按行犹爵跃，东台暝坐
觉乌飞。"

菊 说

桃花开罢李花开，未去争春不自哀。
待到三秋霜降后，冷香寒蕊故人来。

听 笛

又响依依玉笛声，余音愁意满山城。
长街小巷春光醉，游子萦怀离别情。

寄 远

阆苑赏花花似梦，梦中神女化朝云。
朝云暮雨情无限，无限相思独是君。

第三辑

词（五十首）

渔家傲·商洛行

商洛秋光风景异，八山一水多诗意，云树烟霞连日起。峡谷里，幽奇险秀群峰蔽。　　人在画中千岭碧，氧吧绿色长生地，莺语花香香四溢。游人憩，丝弦竹管秦腔戏。

这首词曾在2011年获"秦岭最美是商洛诗词有奖征文活动"传统诗词曲赋类优胜奖。

鹧鸪天·乡愁

千里平原渤海边，海风海浪忆当年。春花秋月渔光曲，岛影涛声碣石篇。　　词郁怨，韵缠绵。乡情乡谊梦难圆。伤怀念远凭谁寄，冷酒残杯热泪潸。

注：碣石篇——当年曹操东征乌桓胜利回师途中，登碣石山观沧海，留下了千古绝唱："东临碣石，以观沧海。"这首诗是在乐亭的海边写的——据北魏郦道元《水经注》一书记载，碣石山在乐亭西南海域，六朝时沉入海底。

这首词，在2015年5月获山西经济广播电台《乡愁》词赛三等奖。

浣溪沙·香港诗词学会印象

　　结社香江春满园，嫣红姹紫倍娇妍，文星麟笔动南天。　　雅韵诗成连四海，妙言歌罢笑千年。愿花长好月长圆。

　　这首词曾获"2013年香港诗词学会网站词赛"优胜奖。

满江红·纪念中国共产党建党九十周年

（用岳飞《满江红》原韵）

　　九十年来，党前进车轮不歇。星星火燃红大地，丰功伟烈。万里长征山与水，八年抗战云和月。到如今八路有英名，民怀切。　　民族耻，终于雪；民众起，敌寇灭。数风云变幻，阴晴圆缺。社稷长安书壮志，金瓯永固呕心血。率人民改造旧山河，蓬莱阙。

西江月·乐亭天亚酒店会肖建华等老同学

　　学海书舟共渡，春花秋月同迎。相逢追忆少年行，往事悠悠如梦。　　流水高山厚谊，新朋旧雨深情。人生聚散太匆匆，再会乐亭约定。

青玉案·甲午夏日

甲午夏，我和玉荣偕大哥回乡小住。老同学耿世珍请我们和刘素荣夫妇等游览了滦州古城、古滦河生态公园和海滨游泳场。故乡巨变，以诗记之。

晚年更恋家乡住，老同学，真情诉。胜地初游香满路，滦州亭榭，滦河野渡，海岸惊飞鹜。　　人生如梦韶华暮，夕拾朝花访亲故，画意诗情穿绮户。一川纱帐，满园芳木，人迈青云步。

长相思·乐亭电力宾馆会初中老同学

同学情，桑梓情，白发回乡情更浓，情深杯酒中。　　说相逢，盼再逢，别恨离愁祝福声。天涯共月明。

西江月·贺外孙李政洋考入双语高中

鸿雁高飞展翅，少年壮志凌云。一生成败在青春，时代催人奋进。　　丽日蓝天进校，祥云瑞气临门。悬梁苦读倍艰辛，高考再传喜讯。

西江月·六八得孙有记

　　紫气红光遍地，欢声笑语盈房，亲朋齐贺满庭芳。天赐仙童喜降。　　福至家门兴盛，时来国运隆昌。成龙成凤路悠长，再上琼楼畅望。

西江月·七十述怀

　　世事红尘参透，新茶美酒结缘。闲云野鹤艳阳天，散曲诗书相伴。　　笑抛虚荣枷锁，竟开韵律风帆。不阿权贵不谈禅，只种兰花一片。

鹧鸪天·甲午重阳登高忆旧

　　再颂诗经蓼莪篇，登高北祭望云烟。遥思父母升仙境，近插茱萸到岭颠。　　居晋地，别幽燕。故园山水梦魂牵。家风庭训承先祖，忠孝难全泪不干。

西江月·读《心和四时春》呈陆炳文会长

天地精华日月，人间正气清风。百年粥会聚群英，多少人中龙凤。　　水远山高情厚，枝繁叶茂花红。诗词书画见初衷，盛世和谐风送。

浣溪沙·桃花

深浅桃红点绛唇，春风一夜降花神，蜂飞蝶舞也舒心。　　叶碧蕊娇天润雨，风清日丽地生根。芳姿何似梦中人。

采桑子·咏紫荆花

新花浥露东方亮，红色春光，紫色芬芳，云影烟霞绿满窗。　　播情播爱香江上，山野披裳，田野飘香，禹甸珠还万物昌。

临江仙·咏紫荆花

几度春风吹大地，老枝无叶先红。繁花串串萼重重，临风弄影，阵阵送香浓。　　家国合欢身更壮，芳魂来自仙宫。香江新史展新容，百年归梦，入盛世争雄。

浣溪沙·故乡夏

树绿蝉鸣燕子飞，西园瓜架露沾衣，青纱帐起沐朝晖。　　村北村南花似梦，雨前雨后柳如诗。寻幽踏月意迟迟。

踏莎行·登鹳雀楼游蒲津渡口

鹳雀楼台，浦坂津渡，千年骚客行吟处。长河落日壮关山，孤舟玩月惊飞鹜。　　雅士悲秋，哲人感悟，唐基宋祚兴亡路。花开花落悼荣枯，吟诗赋曲真情诉。

一剪梅·冬绪

暮野归鸦绕树高，山岭松涛，峡谷风号。寒星冷月照荒郊，衰柳冰梢，茅店霜桥。　　室内融融暖意飘，竹韵萧萧，梅影娇娇。一壶浊酒任逍遥，情似江潮，梦入琼瑶。

采桑子·雪

漫天飘絮诗心醉，野径通幽，仙境消愁。踏雪寻梅近画楼。　　三千银界梨花树，翰墨风流，携侣同游。汾水冰封阻客舟。

卜算子·乐亭金融街东延小区

东北旧城边，绿隐高楼处。芳草萋萋院落深，霞照莺啼树。　　大笔绘新图，紫气云烟吐。临建平湖野景园，阆苑人居住。

一剪梅·登鹳雀楼

楼外风光处处娇，红雨飘飘，绿水滔滔，远山近树画中描。艳了花朝，美了春潮。　　之涣当年吹玉箫，唐也夺袍，宋也追骚。千年鹳雀架诗桥，头上云飘，心上歌谣。

西江月·咏司空图

红杏画桥云树，黄花流水深山。先生骑鹤过桑田，诗意禅心高远。　　乱世忠臣心碎，严冬松柏身坚。济贫济困隐王官，诗品千年礼赞。

西江月·咏柳宗元

地上江河不废，人间豪杰流芳。中兴改革美名扬，荣辱心中全忘。　　进退亲民忧国，沉浮吊苦扶伤。柳州泽惠万年昌，妙笔九天云上。

虞美人·游皇城府

荣华富贵知多少？可问皇城鸟。鸟飞不语立层楼，一代帝师往事忆悠悠。　　雕栏玉砌春秋度，一笑千金数。名园官柳画堂风，皇室圣贤都已水流东。

临江仙·贺榆林市诗词学会成立五周年

结社榆林歌盛世，五年靓丽辉煌，唐风宋韵绽春芳。古城千景秀，艺苑百花香。　华诞迎来吟咏浪，艺坛喜气洋洋；黄钟大吕谱新章。春光无限好，万物沐朝阳。

如梦令·春游

昔日桃花人面，今日桃花独灿。旧地盼人回，青鸟可知心愿？心愿，心愿，幽梦轻风吹散。

忆秦娥·中秋夜登珏山

花暗拽，登山共赏天心月。天心月，清辉万里，淡星明灭。　蟾宫可有人间节，太虚仙境红尘绝。红尘绝，今宵播爱，夜阑风歇。

章台柳·桃林酒

桃林酒，皇家酒。美誉神驰出谁口？御宴宫廷太后尝，侍臣千杯诗千首。

画堂春·洛阳牡丹

满园花放袅烟长，露凝叶翠朝阳。诗家词客韵悠扬，无限风光。　　娇媚神如西子，缠绵魂似王嫱。红黄蓝绿紫云裳，大地春妆。

清平乐·咏兰

春来花早，香雾窗前绕。白绿浅黄颜色好，倩影诗魂奇巧。　　艳阳疏雨轻风，枝枝叶叶重重。好似一帘幽梦，娇娇嫩嫩丛丛。

一剪梅·咏兰

阵阵轻风送暗香，山野春光，田野春妆。疏疏淡淡绿间黄，神似秋娘，魂似萧郎。　　空谷名园兰卉芳；贾客情狂，词客情长。年年歌咏入诗章，韵到潇湘，梦到高唐。

御街行·访孟母故里

欲知孟母人生路，众侣友，西仇去。苍茫战国迹
难寻，古庙戏台残踞。当年何处，纤纤弱女，曾作温
柔语。　　姻缘战乱天天度。育后代，成良母。三迁
断织育贤才，德望高天云树，事传千古，人间佳话。
万代人称誉。

忆王孙·辛卯中秋寄远

西山忆旧再登临，秋月牵怀独自吟。疏影轻风香
径深。醉花阴，一片思情万里心。

西江月·丹凤船帮会馆

酣睡戏楼明月，独行秦岭春江。水神拜罢沐朝
阳，又去迎风踏浪。　　昔日王朝航道，今天百姓粮
仓。寻幽探古欲知详，登上此楼畅望。

西江月·游金丝大峡谷

迈进金丝峡谷，迎来绿树柴荆，林泉石洞水盈盈，景象万千不定。　　摄像步移景异，游人恋恋多情。忽闻隐隐鸟声鸣，侣众寂然人静。

西江月·咏桂花

正值中秋庆典，果然天降仙葩。高吟雅颂遍天涯，自信诗词无价。　　黄绿漫山遍野，秋华更胜春华。人生易老世情赊，留住秋光谁也？

鹧鸪天·咏桂花

十里花开花放香，香飘韵转胜春芳。情思难状娇娇态，意爱犹怜莽莽苍。　　吟桂雨，颂秋光；江山胜迹着新装。骚人游客流连久，曲赋新词叹浩茫。

菩萨蛮·佛教圣地

五台香客人如织，禅房古寺清心碧。拜佛上层楼，结缘已忘愁。　青黄双庙立，天籁云飞急。万里问前程，仙风满秀亭。

念奴娇·《诗咏五台山》书成寄蔡德湖老师

（用苏轼"大江东去"韵）

曲坛诗苑，向来有傲世风流人物。际会唐明，歌咏那遗产仙山佛壁。悟道谈禅，歌云吐凤，高洁如冰雪。征文一布，引来多少豪杰。　词赋歌咏人生，九州游遍了，驾车催发。积善虔诚谁印证，唯有灵光明灭。歌舞升平，红尘旧事，酒醉星星发。成书一笑，举杯还对明月。

生查子·寄华女士

一生文墨缘，篆印诗书画，明志抱兰琴，艺苑成佳话。　直追清照词，敢比秋娘价。娟秀月中魂，美誉传华夏。

忆秦娥·秋末游汾河

雁飞去，轻烟疏雨河汾寂。河汾寂，猎猎西风，萧萧卢荻。　　东南遥望萦思绪，征鸿过尽凭谁寄？凭谁寄，潇湘水远，巫山雾迷。

浣溪沙·贺唐明诗社十周年

画印诗书气势雄，洋洋数卷展新容，群贤荟萃晋阳逢。　　浓写神州遵古谱，轻吟山右拜禅宗。弘扬国粹建功崇。

忆江南·晋源好（十首）

晋源好，山色映湖光。万顷碧波晴潋滟，荷花娇艳稻花香。垂钓绿阴旁。

晋源好，仙境晋祠园。周柏隋槐留古韵，楼台殿阁饰天然。流水响清泉。

晋源好，美景遍方山。石窟佛光云雾绕，水声幽静柏松闲。访古吊高欢。

晋源好，度假到新村。世外桃源明月夜，晚霞夕照画中人。小住娱身心。

晋源好，古寺号龙泉。信是名山僧占尽，红墙碧瓦彩云边。古木蔽云天。

晋源好，文庙古风传。高阁藏经师圣教，儒家礼乐忆当年。笔墨祭先贤。

晋源好，文苑圣贤多。太白傅山留足迹，唐诗留韵宋留歌。当代唱谐和。

晋源好，大佛在蒙山。净土道场遗迹古，佛光普照越千年。芳草碧连天。

晋源好，远翠接晴峦。凤阙龙楼成旧梦，歌台舞榭换新颜。游乐乐陶然。

晋源好，豫让烈风传。血染赤桥酬旧主，有恩必报义当先。千古颂高贤。

第四辑

古风歌行体

骊山行

壬午夏初游骊山，山在秦岭白云间。野花绿树侵古道，奇石流泉鸟去还。烟波云海画图开，离宫别馆已沉埋，周柏秦松树连树，难觅昔日舞榭台。峰高岭峻飘烟雾，登山遥望秦汉路。老母殿前烧炷香，可是女娲补天处？携友登临烽火台，不见当年诸侯来。莫怪一笑失天下，骄奢淫逸必成灾。千古一帝秦始皇，长眠地宫骊山旁。功过是非何须论，兵马俑阵证辉煌。山迴雾锁幕几重，遗址难寻华清宫。霓裳舞罢干戈起，社稷消磨水流东。昔日繁华难再现，荒坡可是长生殿？美女君王长恨歌，天上人间生死恋。骊山行行复行行，辗转再游兵谏亭。内战内行终碰壁①，耳际如闻抗日声。牡丹沟里美泉涌，"云想衣裳花想容"，渭水秋白迷人眼，骊山晚照造化功。秦中行，骊山行，今日骊山渭水胜蓬瀛。

注：①内战内行——抗战时国人称蒋介石"内战内行，外战外行"。

永济行

正值金秋花盛开，客临永济访英才。鹳雀楼杯诗词赛，家有梧桐引凤来。四海诗朋来相见，入住海纳大酒店。海纳酒店风格新，尧天舜日金光灿。下午采风鹳雀楼，携来百侣壮云游。登高远望凝紫气，阔野繁花水自流。下楼去访古渡头，开元浮桥大铁牛。阅尽兴亡天下事，昂然挺立越千秋。再访蒲寺梨花院，莺莺张珙貌重现。爱情圣地游客多，悲欢离合诉幽怨。晚上洗尘开酒宴，四大班子把酒劝。主人盛情客礼多，推杯换盏加餐饭。饭后去开颁奖会，发奖领奖排成队。交响乐配朗诵诗，音韵铿锵人陶醉。会后夜游舜帝山，繁星点点挂山间。蒲坂舜都历千古，黄河文明华夏源。永济市委市政府，盛世修文能远瞩。一心打造大唐风，传承诗教风帆鼓。九曲黄河万里涛，蒲坂已建文化桥。广厦翼张青春貌，琼树瑶林步步高。

渭南韩城行

结伴韩城去，凭吊太史公。渭南灵胜地，有士人中龙。故里光灿灿，游人乐融融。远望山水阔，紫气西复东。祠墓踞高处，泽惠露华浓。柴桑花径美，玉川古屋横。铜像凝目立，栩栩真如生。少有鸿鹄志，天悟读百经。壮年游五岳，慷慨万里行。高风承先祖，文章集大成。君子坦荡荡，犯颜忤天庭。伴君如伴虎，忍辱受宫刑。刑余愈发愤，著述吐霓虹。穷通古今变，终成一家言。修史成绝唱，传记三千年。俯瞰昆仑小，名如日月悬。大德人不死，酹酒祭英贤。

游北固山

初游京口第一山，奇峰画壁立江边。水天一色风帆远，绿隐楼台吐云烟。夹道鲜花蝶双飞，石亭铁塔掩翠微。第一江山石刻处，南徐旧事诚可追。峰回路转随导游，导游滔滔说孙刘。争霸斗智遗迹在，游人恋恋几回头。皇叔招亲信其有，古寺因此名不朽。月貌花容孙尚香，此处曾饮合卺酒。人间有爱情也真，江头江尾共思亲。祭江亭畔流连久，难觅当年孙夫人。莺飞草长杏花初，江山也要名人扶。酒圣诗仙留绝唱，北固楼头吊辛苏。千古游客来复去，东吴胜境浮紫气。如梦如诗北固山，人文荟萃成宝地。

纪念毛泽东诞辰一百二十周年

神州百载夜深深，救亡无计守国门。烽火狼烟弥旷野，裂土瓜分漫愁云。三山压顶余泪血，百年抗争多忠魂。秀全中山有奇志，回天乏术叹陆沉。一从五四响惊雷，始见神州春风吹。南湖船播星星火，井冈举旗巨手挥。建军火炬照天明，割据苏区动地声。改地换天驱黑暗，翻江倒海缚苍龙。抗日扶危举大旗，游击战法用兵奇。生死存亡唤众起，宏论滔滔破雾迷。逐鹿中原百战身，雄才伟略民族魂。旋转乾坤千秋笔，天下如公有几人。一生廉洁冰雪姿，人间树德人心知。文章每争大众志，精神永作青年师。青史早已树丰碑，古国芳华报春晖。不是一人能领导，哪有东方巨龙飞？

注：毛泽东写的《论持久战》初步总结了全国抗战的经验，批驳了国民党内出现的"速胜论"和"亡国论"等观点。抗战后来的实践充分证明了这篇著作的预见是完全正确的。

忆童年

儿时欢乐在农家，小桥流水伴野花。草丛树林做游戏，蚕鸣鸟唱看暮鸦。阳春三月好时光，桃李芳菲百花香。母亲操劳无闲日，院前院后种菜忙。沃野千里大平原，海风轻吹艳阳天。小麦复青高两尺，结伴捕鸟在垄间。家乡五月日炎炎，知了高唱在树巅。儿童不用收小麦，口嚼面筋去粘蝉。六月连阴雨淋淋，豆棚瓜架已成荫。最爱田野青纱帐，窝铺炊烟看瓜人。夏季多雨小河满，群童游戏在沙滩。浅水之处垒坝堰，捉鱼常把水淘干。小河烟柳海风轻，出水荷花映日红。雨后蛙声连一片，放晴满院飞蜻蜓。七月瓜果叶青青，乘凉常闻笑语声。奶奶月下讲故事，遥指牵牛织女星。秋季农家庆丰收，蛐蛐蝈蝈唱高丘。放学回家卷纸筒，捕捉赶到野草沟。荒丘野地探神奇，拾柴割草到日西。妹妹村东扑蝴蝶，捉来蚂蚱喂小鸡。粮食丰收农家忙，儿童游乐打谷场。母亲呼唤不回去，柴堆麦垛捉迷藏。冬季降临渤海湾，茫茫大雪天地寒。田野寂寂北风紧，滑冰偷偷到河边。朝花夕拾情殷殷，故乡故土入梦频。童年生活如昨日，融入小诗留珍存。

忆父亲母亲

　　余父刘向阳，河北乐亭县人；生于1906年农历七月初七，逝于1951年农历七月初十；享年四十六岁。余母方瑞芝，河北省乐亭县人；生于1913年农历三月初七；逝于2002年农历二月十九，享年九十岁。2002年农历二月二十五日，余兄弟姐妹六人，将父母合葬于山西榆次龙凤山庄。余家贫，父母一生艰苦备尝，将儿女抚育成人，实属不易。每忆及此，则思念之情戚戚萦怀。

　　父名刘永生，大号刘向阳。高风传乡里，古道热心肠。少年读私塾，聪慧显异常。曾去哈尔滨，店家学经商。商人重利益，为富更猖狂。夜捕一青年，诬其是强梁。天明要杀害，青年悲断肠。其人本姓赵，报仇慰高堂。父亲怜其孝，又敬器轩昂。深夜放人走，被迫回故乡。青年赵向臣，投奔张学良。作战有谋略，累功任师长。带兵驻滦州，便把父亲访。重金报大恩，邀父福同享。父亲婉拒绝，祝其好运长。施恩不图报，毅然留故乡。此后终一生，劳动事农桑。兼做小买卖，四季奔波忙。聪颖通算学，心算快又强。重义孝双亲，商界美誉享。邻里有纠纷，调解多出场。一语息事态，友情遍八方。一九四八年，吾县庆解放。主持贫协会，分地又分房。时人颇称赞，公道美名扬。刚上幸福路，可惜寿不长。英年早逝世，思之久悲伤。

祭母诗

二月十九日，忽然传噩耗。慈母驾鹤去。思母泪滔滔。享年整九十，仁者寿也高。殡葬那一天，天悲风雨号。儿孙及重孙，含泪齐跪倒。葬母龙凤庄，母墓绿荫绕。刻碑寄孝思，后辈常追悼。回忆母一生，抚育恩情高。十五到刘家，相夫又敬老。家贫无闲日，四季勤操劳。偶遇灾荒年，时常半饥饱。解放刚一年，祖父忽晕倒。顷刻离人间，救治已无效。时隔半年多，父亲又病倒。惜哉医术疏，壮年辞世早。儿女共六人，祖母年已高。可怜有小弟，待哺在襁褓。家连遭不幸，艰难世间少。母亲含悲痛，生活重担挑。下抚儿女多，上奉婆婆老。大姐年二十，能替母操劳。种地八九亩，姐能安排好。大哥去从军，政府有抚劳。其余四弟妹，世事尚未晓。不能分母忧，不能代母劳。及待上学堂，母累更煎熬。冬上晚自习，或遇风雪号；倚门望儿归，留饭温正好。待儿学业成，母已半苍老。又育小童孙，心血浇嫩苗。儿孙皆成人，母脸有微笑。不着罗绮衣，不食珍馐宝。常年做针线，动手又动脑。粗茶和淡饭，本色永远葆。改革春风来，家境逐渐好。奈何母年高，疾病已缠绕。究竟是何病，诊断未明了。经常说头晕，后悔预防少。去世前三年，多次自跌倒。跌倒竟不语，遗恨知多少！儿愿母常在，此愿竟未了。儿孙皆自立，母应九泉笑。儿孙祭贤母，母墓年年扫。

遥寄肖建华

人皆爱故乡，月是故乡明，与君相处日，至今忆乐亭。人生黄金时，可谓在初中。少年不知愁，狂妄意纵横。少年多梦想，灿烂多金星。激昂成文字，论政实书生。政治学马列，热爱毛泽东。读史羡卫霍，戍边立战功。文章学鲁迅，打狗不留情。每上理化课，幻想有发明。诗读正气歌，慷慨壮我行。观画疑朱耷，哭笑不得宁。又敬李时珍，采药济苍生。直到入社会，方知路难行。一兴厚黑学，惊破英雄梦。转眼垂垂老，老来事无成。晚年喜读史，诗书度余生。雁飞汾河畔，鹤归人有情。何时对床雨，置酒会高朋。

廉洁自律歌

廉洁自律，其乐融融。一身正气，两袖清风。不羡繁华，不慕虚荣。自供清淡，处事从容。不欲则刚，宠辱不惊。廉洁自律，其乐融融。勿生邪念，不施恶行。前车之鉴，后世警钟。贪污腐化，自杀判刑。千年遗臭，万古骂名。廉洁自律，其乐融融。廉则生威，公则生明。条例准则，牢记心中。党纪党规，警钟长鸣。人人自律，廉洁成风。

第五辑

散曲

登山临水　感事抒怀

〔双调·折桂令〕登鹳雀楼

效先贤再上名楼，不是王侯，胜似王侯，诗傲王侯。看不厌江山神秀，拦不住绿水奔流，饮不够家乡美酒，写不完翰墨风流。人下楼头，日落山头，喜上眉头，志占鳌头。

这首曲在2012年8月，获《中国·永济首届鹳雀楼诗歌文化节"鹳雀楼杯"诗歌大赛》古体诗一等奖。奖金10000元。并制成诗匾悬挂在鹳雀楼上。

〔双调·折桂令〕登北固楼

喜登临多景琼楼，远望奇峰，烟吐云收，燕侣莺俦。两千年文星泰斗，五大洲国士名流；赏美景偎依岸柳，步遗踪凭吊孙刘。雾锁兰舟，人醉楼头；有客高吟，邀我诗酬。

〔双调·折桂令〕公园菊展

看黄花似舞如飞，画里云衣，梦里春闺，戏里湘妃。远看是千姿百媚，近看是燕瘦环肥。更迷人寒香嫩蕊，微风里婉转低徊。一片生机，一片芳菲。万众心仪，万众扬眉。

〔双调·折桂令〕游普救寺

胜仙境古寺风光，如见莺莺，如拜红娘，如会张郎。追踪那爱情绝唱，寻找那待月西厢，演绎那书生跳墙，赞叹那百世流芳。情海鸳鸯，成对成双；深院花香，地久天长。

〔双调·折桂令〕莺莺

有侯门娇女莺莺，绝世姿容，丽质天生，顾盼多情。回廊里秋波倩影，佛殿里魔障了张生。忘不了西厢月明，苦追求情海新生。不惧那王母雷霆，愿天天我我卿卿。终于是千古留名。

〔双调·折桂令〕红娘

俏丫鬟占尽风光，舞榭歌台，争演红娘，争唱红娘。冲破了吃人礼教，调笑了王母张狂。传书简西厢月朗，助情侣牵手东墙。戏说高唐，神女襄王，侠女柔肠，鸣凤求凰。

〔双调·折桂令〕重走晋商万里茶路

八百里烈日帆船，八百里大漠关山，八百里雨雪风寒，八百里野渡炊烟。晋商茶路，留迹斑斑。数不清千难万险，说不尽爱恨悲欢。商旅遗篇，光照千年；承继先贤，大写明天。

〔双调·折桂令〕雨中游太白山

登太白胜地销魂，大雨迎宾，峡谷烟云，峰险嶙峋，汉唐遗韵，博大精深。寻古迹仙风阵阵；留倩影游客纷纷。国宝山珍，仙境清心。劝我俗人，莫恋红尘。

〔双调·折桂令〕焦裕禄赞

拜铜像灿烂云霞，好书记万众争夸，整日里雨露桑麻，爱百姓如敬爹妈。访贫穷同情泪洒，治贫穷先治风沙，进乡村扶危问寡，进牛棚亲看亲查。好作风代代风华，为了大家，忘了身家，富了农家。

〔双调·折桂令〕城市庄园

被誉为"山西省文化艺术创作基地"的城市庄园，位于太原东山。为画家、书法家陈继虎先生所创。

美不过城市庄园，傲踞东山，碧水蓝天，绿树花坛。春天到东风化蝶，夏日来百鸟争喧。书房里诗书画卷，桌案上笔墨云笺。世外桃源，野径桑田；餐饮消闲，绿色天然；弄月吟风，益寿延年。

〔双调·折桂令〕韭园村吊马致远

想当年名噪梨园，诗震幽燕；曲赋名篇，韵上云天。冷眼看李斯黄犬，真心羡道教神仙；林间友梵音妙言，尘外客禅悟啼鹃。翰墨云烟，风月婵娟，一阕秋思，绝唱诗坛。

〔双调·折桂令〕项羽

能举鼎也算英雄，力拔山盖世横行；士兵病流泪心疼；坑降卒、弑少帝、杀子婴举世震惊。以暴易暴终于把民心葬送，众叛亲崩；失秦鹿未圆帝王梦。到头来悲戚戚四面楚歌声；缠绵绵虞姬泪盈；昏黑黑血雨腥风；阴惨惨冷月残星；孤零零难返江东。不修仁政霸业难成。

〔双调·折桂令〕洛阳牡丹

似红云朝露飘香。昔日风光，今日芬芳，明日辉煌。说什么花神天降，却真是梦到高唐；说什么瑶池育养，却真是仙袂云裳。百卉花王，人世天香；花色呈祥，国运隆昌。

〔双调·折桂令〕抗战胜利七十周年大阅兵

大阅兵又树丰碑，凝聚民心，振我国威，扬我军威。庆胜利天公作美，悼先烈日月同辉。行不义倭奴败北，断魔爪德意同归。正义风雷，盛乐低回；万众扬眉，四海歌飞。

〔双调·折桂令〕网上卖瓜

发消息广卖西瓜，超市车拉，商贩车拉，厂矿车拉。谈行情田边树下，赏风景碧野青纱，新农村小楼素雅，老客户笑脸如花。乐煞农家，忙坏农家，富了农家。

〔双调·折桂令〕矿工文化生活扫描

野花红情满西山，锣鼓响喜满西山，社区笑乐满西山。矿嫂吟诗，矿工作画，跳舞消闲。登殿堂宏图大展，入书海文化攻关。涉足科研，不畏艰难；舞榭歌坛，再写新篇。

〔正宫·塞鸿秋〕登榆林镇北台

榆林塞外关山路，汉家镇北行军处，千年将士魂无数，狼烟烽火朝夕度。民族平等新，共建家园富。和谐齐迈青云步。

这首曲在2009年9月获《咏榆林诗词大奖赛》优秀奖。

主办单位：榆林市诗词学会。首发《榆林诗词》。

〔正宫·塞鸿秋〕放烟花

今年有一种烟花名曰"大花轿"。燃放之后，轿子四周焰火冲天而起，轿子前后移动、倾斜；然后"新娘"跳着舞从轿子上下来。构思巧妙，令人拍案叫绝。

迎春祈福街头闹，群童戏放新花炮；烟花创意真奇妙，冲天焰火抬花轿。花轿刚倒倾，惊艳新娘到。翩翩起舞声声笑。

〔正宫·塞鸿秋〕游平型关

当年鏖战硝烟布，全歼日寇师团处。含烟滴翠飞云渡，谷幽关险迷芳树。花如碧血红，石似丰碑诉。忠魂化作擎天柱。

〔正宫·塞鸿秋〕百团大战

中原大地硝烟漫，百团劲旅齐开战。毁桥毁路千条线，伪军鬼子蒙头转。交通据点丢，铁路全瘫痪。闻听八路心惊颤。

〔正宫·塞鸿秋〕辞岁谣

力争法治非人治，力争盛世来人世；脱贫脱苦民心似，虔诚信仰真由自。和谐百姓心，共把贪官治。平民也管荣枯事。

〔正宫·塞鸿秋〕雁丘曲二首

小序：太原有一条汾河，汾河边有一座雁丘墓，雁丘墓有一个凄美的故事。这个凄美的故事产生了一首不朽的词作。这首词作有一句传颂千古的名句：问世间情为何物，直教生死相许。

云愁雨恨秋风诉，游人千古汾河路，遗山葬雁魂归处，胜于将相王侯墓。有情情也真，生死相依去。始知情重为何物。

殉情双侣魂何处？白云汾水行人渡。寻诗争吊雁丘墓，愚夫杀戮人人怒。遗山夙愿酬，累石千秋诉。多情总被无情误。

〔正宫·塞鸿秋〕再题雁丘

题诗赋曲真情诉，悲莺吊雁汾河路，痴男痴女伤心处，宛如山伯英台墓。有情爱更深，有爱同归去。
无须再问情何物。

〔正宫·塞鸿秋〕谢众曲友唱和《雁丘曲》

双飞双宿关山渡，同来同去汾河路，悲歌一曲惊
天幕。正月里诗朋共效先贤步。多才多艺人，题曲题
诗去，柔情侠骨千秋妒。

附：

《雁丘曲》二首，在2015年春节期间，曾在网上征求和曲。当时和者众，评者多，成一时之盛。下面选登十首和曲，以记当时之盛况。

〔正宫·塞鸿秋〕次韵《雁丘曲》两首
王玉民

王郎纵览刘郎诉，勘明雁冢其来路；心仪好问诘情处，曲吟三晋双鸿墓。羽魂返本真，汾水东流去。回声犹恨偷腥物。

哀鸿罹难魂归处，萋萋芳草迷津渡；阿谁吊雁悲荒墓，悠悠岁月空余怒。燕南征唱酬，秣马随声诉。风流尽让疯狂误。

注：秣马—王玉民网名秣马轩主。

〔正宫·塞鸿秋〕次韵燕南《雁丘曲》
郑永钦

遗山有曲多情诉，雁丘堆恨离魂路。相思未了曾飞处，痴心守得同归墓。秋风残月吟，汾水伤心去，三生石上情何物？

〔正宫·塞鸿秋〕和燕南兄雁丘曲
李乃福

休戚与共惺惺护，时光并度朝朝暮。无端却被弓弦妒，痴心上演情何物。三尺雁丘高，万载灵犀驻，坟前更长合欢树。

〔正宫·塞鸿秋〕雁丘——和燕南兄
南广勋

晋阳城里汾河岸，石丘谁葬雌雄雁？阿雌命断无情箭，阿雄誓作痴情伴。人间无义多，世上真情淡，诗人到此常悲叹。

〔正宫·塞鸿秋〕依韵奉和燕南兄《雁丘曲》
刘艳琴

悠悠离恨凭谁诉？绵绵深爱随君去。来来去去双飞处，生生死死同归路。半生相恋情，永世相依墓。为君抛却红尘物。

〔正宫·塞鸿秋〕次韵燕南先生《雁丘曲》
李文德

痴情重义今何处？同船异梦难同渡。沧桑难觅雁丘墓，凡庸逐利何需怒？先贤愿怎酬？徒落千秋诉。真情皆被薄情误。

〔正宫·塞鸿秋〕步韵燕南兄也题雁丘
程连陞

彩虹横架汾河路，双魂凄怆春秋度。杜鹃啼血滴红露，梨花漫撒烧钱处。情为何物问，泪洒遗山去，清风默默缠荒墓。

〔正宫·塞鸿秋〕依韵和燕南兄雁丘曲
（集曲牌）
王兰琴

凭阑人复听愁云诉，山溪隔断横汾路。刮地风漫卷栖栖处，后庭花插遍哀鸿墓。潘妃曲调悲，续断弦音怒。摸鱼儿直问情何物！

〔正宫·塞鸿秋〕
和燕南先生《雁丘曲》用其韵
邢 晨

有缘不问情何物，无心只愿随她去；至今还剩双栖墓，空留吊客伤心处。千年不老歌，一段缠绵路，凄凉故事殷殷诉。

〔正宫·塞鸿秋〕雁丘曲步燕南韵
黄文新

奴家挥泪丘边诉，丈夫暴富行歪路。不知今夜嫖何处，心烦来到双鸿墓。当年净净来，今日白白去。决不再见无情物。

〔双调·水仙子〕盼

山前山后几寒鸦，山后山前无野花。西风北坳白云下，有贫穷百姓家。叹群童守望天涯，早上问村边树，晚上问天上霞，何时能见到爹妈？

〔双调·水仙子〕过米脂吊李自成

莫因成败论英雄，千古英雄运不同。挽弓射日行天意，惜功成梦空。救民水火心碑丰。人间事，太错综；遗恨无穷。

〔双调·水仙子〕马致远故居

古山古水古风传，秋夜秋声秋月圆，焚香祭拜先生院。今又听当年露蝉，再难寻昔日婵娟。曲声缓缓，曲韵绵绵。可是惊动了致远神仙？

〔双调·水仙子〕咏孙思邈

青囊诊病任飘零，药理精研集大成。小银针救过多少平民命，佛心扶众生。愿人间胜过蓬瀛。医德重，富贵轻，药王如日月长明。

〔双调·水仙子〕康海

御街打马沐霞光，金殿承恩举玉觞，大明七子拟作千秋唱，学吟汉魏陌上桑。叹人生祸福无常，炼狱风云起，状元回故乡。伴野花情寄宫商。

〔双调·水仙子〕乙未元日赏雪

无尘银界盖山川，有玉琼楼连市廛。并州处处梨花院，低吟也悟禅。雪飘飘轻扑幽帘。冰天地，冷画栏，情寄云笺。

〔中吕·朝天子〕茶（二首）

绿茶，紫砂，美誉传天下。僧家茶道胜诗家，壶小乾坤大。茶女如云，云飘如画，画中人采茶。室雅，趣雅。禅茶一味千秋话。

敬茶，品茶。茶味分高下。汉家茶道遍邻家，茶艺乾坤大。茶梦如春，茶山如画，茶乡五彩霞。曲雅，韵雅。饮茶古刹清心罢。

〔中吕·朝天子〕题坦洋红芽红茶

敬茶，饮茶，正是炎炎夏。金黄汤色味奇佳，敢与极品争高下。芳名唤作红芽，红芽不愁嫁。君若倾心来妾家。室雅，趣雅，家住坦洋商厦。

〔中吕·朝天子〕登鹳雀楼

远游，上楼。正是花开后。长河碧野望中收，一览江山秀。放眼山川，霞光云岫，欲穷天尽头。乐悠，忘愁。一笑红尘旧。

〔中吕·朝天子〕原平同川雨中赏梨花

上川，下川，人有花之恋。霏霏细雨染云烟，花海连成片。雨打梨花，花藏莺燕，燕回幽梦牵。梦牵，眼前，偿了平生愿。

〔中吕·朝天子〕雨中游太白山

这山，那山，山色空濛看。红衣绿伞遍山川，笑指风烟变。峡谷云飞，道索云散，雨洗雨冲绿更妍。这边，那边，曲友声声唤。

〔中吕·朝天子〕咏孙思邈

故乡，庙堂，难把斯翁忘。悬壶济世课岐黄，采药白云上。药理银针，金方独创，著书成典章。药王，圣王；业绩千秋唱。

〔中吕·朝天子〕神九飞天

摘星揽月上天，换仓变轨梦圆。华夏儿女游云汉，天宫对接报平安，又把功勋建。四海波涛，风云雷电，国人魂梦牵。凯旋，驾还，化作倚天剑。

〔中吕·朝天子〕寿阳方山寺赏山桃花

爱花，赏花，欢歌一路方山下。远看一片碧云纱，近摄古寺风光画。翠谷清溪，天池峰架，披轻烟彩霞。佛家，道家，都留下清风明月渔樵话。

〔中吕·山坡羊〕咏李煜

空灵才气，错当皇帝，温柔乡里胭脂腻。作囚羁，几悲啼，龙楼凤阁成追忆，皓月华星难命笔。才，天下奇；词，天下喜。

〔中吕·山坡羊〕羊之歌

心声倾注，悲欢倾诉。姑娘鞭下情人妒。看云舒，笑荣枯。甘陪苏武天涯住。领路头羊惊世俗。情，天下无；歌，天下谱。

〔中吕·山坡羊〕读史

诗书相伴，人生无憾，千年史海云游遍。吊前贤，忆烽烟。秦风汉月娇娥怨，宋祚唐基幽梦远。君，也是天；民，也是天。

〔中吕·山坡羊〕八路军

中原失鹿，黄河东渡，八年抗战艰难路。战何如？寇归俘。神州处处倭奴墓，日寇投降息战鼓。奴，天下诛；吾，天下扶。

〔中吕·山坡羊〕题鬼谷书院

仙风仙地，云飘云聚，红尘不染阳光峪。论兵机，悟禅机。当年鬼谷曾来去。古洞藏经寻洞底。烟，如梦里；霞，如画里。

〔中吕·满庭芳〕咏乔吉

莫笑我江湖状元，行走在勾栏曲苑；莫笑我酒圣诗禅，携农夫渔父把青山恋，做了个自在神仙。不羡那黄金印显，不求登拜将高坛。心花绽，江天韵满，我不负婵娟。

〔中吕·满庭芳〕关汉卿

纵然是梨园领袖，却也爱傍花宿柳，甘心做浪子班头。一支笔写出风云万里江山秀，一支笔写出哀鸿遍野黎庶愁，一支笔写出社会黑暗官场丑，一支笔写出烟花弱女芳心柔。咒神明、怨天地、蔑君权、轻贵

胄。史海悠悠，问开天辟地谁能够？问天地良心何所
求？分明是文星下凡竞风流。

〔中吕·满庭芳〕风

世上人常忘我功劳种种，写歪诗只记我粗言盲
动。想当年在赤壁一战而红，把荣誉给诸葛，奖金全
让周郎用。发了电送温暖从未居功。虽然我愤怒时涛
狂浪涌，须念我温柔时海静云空。春天来年年化作东
君颂。让江南绿荣，让大地飘红。

〔中吕·满庭芳〕雪

驾彤云乘北风飘飘洒洒，玉龙斗鳞甲飞悠悠耍
耍，来九天不染尘密密麻麻。千峰秀披银装远山如
画，盖大地进田园万树梨花。论桑麻围炉火农夫夜
话，饮美酒颂琼瑶骚客兴发。蓝天下银光落霞，何处
响昔日胡笳？

〔中吕·满庭芳〕梅

芳姿雪裙，仙肌玉骨，月魄诗魂。淡香疏影传花

信，不恋红尘。迎冰笑全无俗韵，傲霜栖赖有天真。凭谁问？东风报春，看烂漫江村。

〔中吕·满庭芳〕松

偏爱那高山浩远，也羡那雄关峻险，更恋那皓月婵娟。风霜雪雨常修炼，骨健身坚。千年挺安危不变；四季青福祸随缘。清心看，荣枯世间，谁似我悠闲？

〔双调·庆东原〕秋夜即兴

观云去，赏月来，尘心俗虑飞天外。劝秋风莫哀，盼黄花盛开，品美酒开怀。愿秋雨洗掉世间冤和灾，愿秋月洒遍人间情和爱。

〔双调·庆东原〕另类少女

作者题记：网上见求包养者甚多，有感而作。

宁为英雄妾，不做百姓妻。孤灯夜色知心意。红妆貌美，求谁养起，莫误时机。倘若嫁豪门，事事甜如蜜。

〔双调·庆东原〕**题照**

大儿前天走，小女昨日来，女买水果儿买菜。清心少灾，和颜去灾，大爱无灾。一语暖心窝，欢乐云天外。

〔中吕·红绣鞋〕**游榆林明长城怀古**

百里长城初夏，远空塞雁山花。想当年戍边何处为家，遍金戈铁马，听箫鼓胡笳，惜英雄泪洒。

〔中吕·红绣鞋〕**游佳县香炉寺**

游古寺风光如画，望黄河浪奔天涯。有高坡塞北人家，隐梯田窑洞，迎朝日红霞，赏出墙杏花。

〔双调·大德歌〕**咏莲（二首）**

水中莲，释家禅；佛祖拈花结善缘，浓淡心无怨。身不染，貌似仙，留美尘世侬之愿。雨里笑婵娟。

过南塘，沁芳香；莺燕蜻蜓来去忙，水响渔舟
唱。采莲女，淡雅妆，荷花人面天仙降。梦境九
回肠。

〔双调·大德歌〕马致远

曲状元，碧云天。敏悟奇思立圣言。佐国心平生
愿，拿云手旧梦牵。天涯倦客神仙恋，遗韵照人间。

史载：马致远有"佐国心，拿云手"的政治抱负，但
一直没能实现。

〔中吕·喜春来〕公园早春

冰消雪化长廊畔，嫩柳微黄映画船，群歌群舞笑
声喧。康乐园，隐隐响丝弦。

〔中吕·喜春来〕春

春莺春燕春花灿，春柳春风春雨绵，春山春水试
春船。春意满，春草绿如烟。

〔中吕·喜春来〕立春

东君先送梅花信，温暖轻盈入万门，春来紫气满乾坤。消客魂，高唱物华新。

〔中吕·喜春来〕于成龙

恨贪恨腐说廉政，官到能贫才算清。爱民如子忆成龙。留盛名，万古仰高风。

〔中吕·喜春来〕喜得外孙

观音生日阳光照，快意人生步步高，神童天降乐陶陶。雅韵敲，冉冉彩云飘。

注：2000年3月24日，农历二月十九。传说农历二月十九是观音菩萨的生日。

〔中吕·喜春来〕新年寄友（四首）

新年新喜新人唱，新政新风新路长，新楼新雪打新窗。奇志扬，携手铸辉煌。

新年新作台阶上,新曲新言新意长,与时俱进莫彷徨。雅韵扬,携手铸辉煌。

新年反腐开新样,新政为民除旧章,斩妖挥剑亮寒光。正气扬,携手铸辉煌。

新年对酒诗朋唱,古乐操琴歌舞狂,天南海北报安康。意气扬,携手铸辉煌。

〔越调·小桃红〕咏桃花

一枝浓艳半含苞,灿烂春光报,紫陌红尘向天笑。弄风骚,刘郎崔护真情调。枝新萼新,霞光晨照,雨润玉姿娇。

〔越调·小桃红〕杏花村酒厂诗会

杏花村里杏花飞,画境游人醉,绿色园林远山翠。莫停杯,闲云不为功名累。东楼笔挥,西楼歌会,诗酒书画共争辉。

〔越调·小桃红〕短信拜年

视频短信拜新年,一霎全发遍。彩色铃声送心愿，报平安。天南海北春光灿，吉言蜜甜，和谐美满。又一个俏春天。

〔越调·小桃红〕亲友聚会

访亲会友共千觞，小聚心扉敞。数码相机照张相，试唐装；入存电脑留欣赏。洗忧洗愁，宠辱皆忘，留下喜洋洋。

〔越调·小桃红〕超市购物

到超市竟到仙乡，满目霞光亮。商品琳琅皆高档，精包装。民安国泰心中唱；家家兴旺，年年福降，保岁岁吉祥。

〔越调·天净沙〕为小孙子浩田题照

戎装木棒娇娃，战车火炮烟花，喝令千军万马。雄观天下，将风帅气争夸。

〔越调·天净沙〕收阅工人散曲有感（二首）

春风春雨春芽，诗坛诗社诗花，大众大俗大雅。真情真话，嘤鸣交友千家。

矿工手大情浓，吟诗献曲心红，挥汗天天下井，真心歌颂，人生劳动光荣。

〔越调·天净沙〕《走西口》观后

雄关古道风沙，义仁诚信商家，悲壮辛勤泪洒；秋冬春夏，年年西口天涯。

〔越调·天净沙〕萧自熙

诗魔儒丐仙人，蜗居美梦情真，佳制篇篇极品；呼人前进，唤出散曲新春。

〔越调·天净沙〕洪洞苏三监狱（二首）

森森监狱湿寒，锁枷弱女当年。豪绅以钱换权。贿赂府县，人间定有奇冤。

国家法度森严，头上明镜高悬，百姓口喊青天。贿赂府县，自古权能换钱。

〔越调·天净沙〕过阳明堡

游击战法神奇，奇谋夜幕偷袭，大火冲天骤起。倭奴悲泣：天兵毁我飞机。

〔越调·天净沙〕除夕守岁

家家守岁荧屏，听歌看舞追星，难忘今宵美景。普天同庆，新年新岁钟声。

〔黄钟·节节高〕
贺中华诗词学会散曲委员会成立（二首）

曲传天籁，喜飘云外。西安挂牌，三军有帅。破旧俗，开新路，上高台。再造诗山曲海。

红灯高照，九州欢笑。西安挂牌，诗坛啸傲。古韵传，新筝弄，曲花娇。大雅大俗最好。

〔黄钟·节节高〕马兰矿赞

马兰花亮，马兰人棒，花园社区，安全井巷。排排楼前有画廊，画廊前后鲜花放，鲜花斗艳诗意长。时代歌声唱响。

〔双调·碧玉箫〕游雁门关古战场

凭吊登山，游百里雄关；远望依栏，忆千载烽烟。听胡笳意闲，扫胡尘志坚。拾古砖，难辨周秦汉。还，梦中杀声唤。

〔双调·雁儿落〕过杏花村

壶中雅韵高，酒圣诗禅笑。何人吹洞箫？又奏风情调。

〔中吕·迎仙客〕夜宴

2015年4月26日，中国散曲研究会会长赵义山教授，在太原拜会了山西诗词学会原副会长、黄河散曲社社长李旦初校长。

文字缘，曲情牵，梧桐树高云凤旋。话思贤，忆旧颜。美酒杯干，约定来年见。

〔仙吕·一半儿〕桃花

村村户户染红霞，三月桃花开我家，雨后西园看落花。俏年华，一半儿悠闲一半儿耍。

〔双调·楚天遥带清江引〕看花灯

春来大地暖风飘，元宵佳节人欢笑。街上涌人潮，处处花灯闹。彩车装彩灯，电动声光耀。冉冉舞龙蛇，阵阵江南调。〔过〕婆婆已六十，一扮花枝俏。爷爷和孙孙，追队高声叫。迎春祈福情未了！

注：今年蛇年，龙蛇灯多，且多处播放《新白娘子传奇》流行歌曲：千年等一回。

〔中吕·快活三〕游玄中寺

深山佛祖家，阆苑绽奇葩。游人峭壁袖烟霞，礼拜朝仙罢。

〔正宫·双鸳鸯〕七夕有感（二首）

恨星空，盼相逢，水远天高路几重。纵有鹊桥年年会，何如长守画楼中。

意难平，怨难平，此恨未消彼恨生。天上人间何相似，爱愁情恨以诗鸣。

〔正宫·双鸳鸯〕凤泉神泽

凤鸣凤落忆文王，水温水热凤泉汤，出浴杨妃说大唐。洗心洗骨心神畅，果然太乙是仙乡。

〔正宫·双鸳鸯〕贺樊江小荃新婚之喜

结良缘，谱新篇，阆苑文坛并蒂莲；鸾凤和鸣梧桐院，愿花长好月长圆。

〔双调·步步娇〕六八得孙

喜气洋洋人欢笑，五福吉星照。挨个瞧，争抱小娇娇。手机掏，快把佳音报。

〔双调·步步娇〕王之涣

书剑飘零江湖渡，不羡青云路。心志吐，画壁旗亭指娇姝。看云舒，落日登楼赋。

〔双调·步步娇〕太谷孔家

从政读书经商路，财聚一家富。游故居，庭院深深燕呼雏。旧书庐，花苑香如故。

〔中吕·石榴花〕咏武则天

千年功过论纷纭，都怪女儿身。人生几个悟兰因？毁誉莫信。遗泽惠黎民，求贤治国师尧舜；也宣淫，鸩灭皇孙。雄才霸气江山稳，功罪评说待来人。

〔中吕·醉高歌〕日本投降（二首）

豺狼强盗投降，正义和平敬仰。东京审判高歌唱，认罪服输日皇。

秧歌爆竹狂欢，锣鼓笙箫震天。天皇交出杀人剑，华夏红旗漫卷。

〔中吕·醉高歌〕并州初会乐垚轩先生

酒楼迎客歌声，宾主交杯摄影，诗禅曲话叨叨令，快乐桑榆暮景。

〔中吕·醉高歌〕
读《野谷拾韵》赠陈福深先生

美哉野谷云烟，惊艳深山玉兰。新诗新曲新花灿，妙悟奇思浩远。

〔正宫·叨叨令〕霜降咏叹

凌霜傲放黄花笑，凌霜低唱红枫俏，凌霜苦叹庸人调，凌霜挺立青松貌。乐煞人也么哥，乐煞人也么哥。霜消寒退阳光照。

〔正宫·叨叨令〕
抗战胜利七十周年大阅兵老兵方阵

挥刀血海英雄将，一生百战身犹壮，阅兵激起千重浪，五洲万众仰头望。福寿长也么哥，福寿长也么哥。功劳写在民心上。

〔正宫·叨叨令〕
西山煤矿建矿六十周年大庆

登枝喜鹊喳喳叫，迷人戏曲浓浓调。长街楼阙红红貌，秧歌锣鼓声声笑。乐煞人也么哥，乐煞人也么哥。风风雨雨阳光道。

〔仙吕·赏花时〕题《昭君琵琶图》

马上琵琶俗世惊，恩浅恩深侬自明，何故怨东风？独留青冢，落日晚霞红。

〔双调·凌波仙〕悼念王文奎先生

河汾诗友哭文奎，雨雪纷纷天地悲。农民曲社思恩惠，英魂难唤回。忆音容珠泪频挥，家乡地，曲韵追，驾鹤星魁。

〔南吕·四块玉〕情侣

手指间短信聊，视频上开心笑，游泳游园也相邀，何须羡洞房花轿。双双浴爱河，时时渡鹊桥，天天吹玉箫。

〔正宫·合欢曲〕三星高照

2009年除夕晚九时，很多人目睹了"三星高照，新年来到"的天文景观。

喜三星，盼三星，万众除夕望远空。福禄寿星临胜境，三星高照庆丰盈。

〔正宫·合欢曲〕看花灯

买花灯，看花灯。百万花灯百万情，千万花灯千万景；声光电动胜蓬瀛。

〔正宫·合欢曲〕接财神

盼财神，接财神；却道财神是本人。能干勤劳仁义信，富民政策富平民。

〔中吕·普天乐〕游秦淮河（三首）

游秣陵城，赏秦淮月。说不完六朝遗恨，八艳伤别；富贵天，风流夜；成败兴亡花开谢。而如今依然是箫鼓声叠，画船水榭。酒朋去也，骚客来也。

媚香楼，桃花扇。情天孽海，孽海姻缘。恨戎羌铁骑毁故园，恨阉党余孽舞金殿，凤灭龙亡秦淮岸。旧宅院卧榻琴弦，诉说着香君骂贼，栖霞明志，风雨江南。

杏花村，桃叶渡。游船临晋风秦水，游人辩宋墨梁书。古亭花开片片红，垂柳烟笼濛濛雨，处处啼莺迷芳树。笑只笑怨女痴男，年年吊惊鸿照影，王郎迎妾，世事沉浮。

〔中吕·普天乐〕春节看老年艺术团演出

老年社会俏夕阳，老爸老妈登台唱。浓妆艳抹，一道霞光。锣鼓喧，丝竹响；五彩灯光迷人亮。庆和谐欢乐安康，红色海洋。鳏孤寡老，也演凤求凰。

〔中吕·普天乐〕买年货

春节前市场特繁荣，买年货逛市场真高兴。蔬菜瓜果新鲜多种；绿色晶莹。千里运输来山东、自广东；活鱼活虾空中送，年关愈近年味愈浓；红气球、红对联、红福字和红彤彤的大灯笼，把大街染红。盛世祈福千家赞颂，猪年迎春万众欢腾。

〔中吕·普天乐〕神七问天

驾神舟，游云汉；太空行走，再访广寒；世界惊，神州灿；瑞气清秋云烟散。高科技屡占尖端。小星伴飞天画传，讴歌盛世，梦绕魂牵。

〔中吕·卖花声〕夏收（二首）

抢收抢种农家院，辛苦辛劳小麦田，机耕机作柳林边。蝉鸣高远，低飞莺燕；谢支农动员乡县。

骄阳似火人劳作，麦粒如金我笑歌，农机列队过高坡。夕阳一抹，村民同贺。谢苍天恩赐这丰收欢乐！

〔黄钟·昼夜乐〕游荷塘

清露清风送夜凉。花香，花香处百顷荷塘。荷塘里莲生藕长。盈盈水木舟人唱，爱芳姿出浴红装。紫燕忙，云影天光，云影天光。十里外，幽香荡。〔幺篇〕艳阳，艳阳照画廊。仙乡，鱼翔；鱼翔在绿水中央。对菡萏多情畅想，采莲曲迷人梦乡，恋花神愿作萧郎。共醉千觞，共醉千觞。勿笑我风流样。

〔双调·落梅风〕深山访梅

白云淡，山路弯。有古寺暗香浮散，红尘闹声声渐远；望前方雪中花绽。

〔双调·落梅风〕春夏秋冬（四首）

梨花院，迎曙光；绿色浓柳街花巷。桃花杏花凝露香，更迷人鸟飞莺唱。

蝉声细，梅雨愁。夏日长柳烟娟秀；天晴放歌偕众友，试渔舟嫩荷开后。

秋风起，秋月圆。雨露凉碧空归雁；秋深共吟丹桂篇，赋诗章暮江江畔。

寒风冽，瑞雪飘；爱冰川峰险梅笑。劲松挺拔山路遥，羡云雕越山飞傲。

〔双调·沽美酒过快活年〕矿山除夕

门前旺火生，旺火兆飞腾，漫山彩灯灯弄影，一片新年盛景。煮饺子、举家庆。〔过〕矿工矿嫂乐盈盈，全家人眼望视屏，除夕晚会共追星。今年小品谁家胜？最佳节目谁来定？爷爷孙子先笑评。

〔集曲·滚绣球昼夜乐〕婚礼曲（三首）

鞭炮鸣，锣鼓喧；瑞气祥云霞满天。甜甜，郎才女貌好姻缘。天作之合恩爱深，白头到老心不变。

谢月老，红线牵；爱河盛开并蒂莲。甜甜，俊男靓女结良缘。比翼双飞幸福永，百年修得共枕眠。

谢天地，赐良缘；鸾凤和鸣共百年。甜甜，愿花常好月常圆。心心相印浴爱河，人生路上永相伴。

〔中吕·上小楼〕龙年心愿（三首）

政风要清，党风要正，贪风别盛，庙堂常醒，百姓安生。物价平，房价省，穷人别病。到年终腐官别侥幸。

朝云暮雨，大江东去。网上吟诗，闹市安居，佐酒鲈鱼。议贤愚，打笑语，警笛何惧？有暇时找亲朋聚。

瑞雪飞梅花放香，龙年福降。童孙茁壮，身强体胖，岁岁吉祥。谱华章，赏月光，赋诗网上。沐朝阳看光芒万丈。

〔中吕·齐天乐带过红衫儿〕学上网

痴迷上网愚翁，了却夕阳梦，学通，弄懂，穿越时空。鼠标移四海飞鸿。如云鹏，傲阅苍穹，文思隽永。网络耕田，交友争鸣，苦练习，勤耕种，果硕花红。〔过〕博客开通后，耄耋成龙凤。斥贪风，议衰荣，宏论千家颂。路无穷，探无穷。返老还童更勇。

〔双调·雁儿落带过得胜令〕秋思

秋风秋月圆，秋色秋光艳。秋吟秋雨篇，秋画秋收卷。〔得胜令〕秋叶满山川，秋果满车船。秋雁南飞去，秋虫低唱闲。谈天，人有秋江恋；谈禅，我无秋渡缘。

〔正宫·沽美酒过太平令〕春游太白山

春花一路红，山寺几声钟。携友攀登泼墨峰，云烟仙境。观栈桥，探兵洞。〔过〕李太白旧迹寻梦，诸葛亮遗迹追踪。尝不够山珍野供，说不完周秦唐宋。沐惠风，谒圣宫，会老翁。远胜那成龙成凤。

〔中吕·喜春来带过普天乐〕
原平梨花诗会

关山美景千般好，古郡梨花万种娇。我来正遇雨潇潇。雨打梨花刚叹巧，午后云散艳阳高。〔过〕九州诗友聚原平，南腔北调声声笑。品评雅韵，指点风骚。散曲新，诗词妙。继往开来浓浓调。老诗人书画双骄；中年俊才，青年翘楚，宏论滔滔。

〔双调·雁儿落带过得胜令〕咏木棉花

凌云百丈荣，伟岸千家颂。花红红欲燃，燃放冲天梦。〔得胜令〕潇洒沐东风，锦绣展阴浓。铁骨英雄气，宾朋含笑迎。长空，挺立人间称龙凤；情融，低吟诗海称隽永。

〔北中吕·齐天乐带红衫儿〕龙年迎新

烟花紫气冬云，又报年关近。迎新，人，滚滚红尘。赋新诗瑞雪梅魂。欢欣，南北人流，返乡探亲。游子临门，喜气盈门。接玉龙，传春汛，情满乡村。〔带过〕盛世多尧舜，曲苑添新韵。唱纷纷，舞纷纷，四海歌声震。拜财神，举芳樽，美酒人间上品。

〔南吕·一枝花〕游五台山

清风送我来，韶乐从天降。离宫浮紫气，雪岭共天光。绿海茫茫，人在白云上，深山隐画廊。山连山佛殿经声；寺连寺禅房鼓响。

〔梁州第七〕八百载文殊道场，五大洲僧侣家乡，仙花罗汉听宣讲。有香客南来北往，有高官膜拜烧香，有少女消灾祈福，有信徒上款捐粮。忘不了昔日辉煌：拜佛者国母娘娘，拜佛者万乘君王。拜佛者庶民将相，拜佛者士子儒商。风清，月朗。坐禅床不羡鸳鸯帐，礼法王只愿梵歌唱。方丈山僧色相空，哪里有利锁名缰。

〔尾〕群峰壁立山河壮，南北东西五色光，仙界红尘同一唱。登五顶望乡，祈九州富强。佛即我心暮钟撞。

〔注〕雪岭——五台山顶六月积雪，因称清凉山。仙花罗汉——仙花山，即南台之山名。罗汉台、罗汉洞均为五峰灵迹。

人生沉浮　社会百态

〔双调·折桂令〕审判

没有了昔日风光，只落得对簿公堂；没有了昔日狷狂，只落得暗自神伤。想当初清廉大唱，背地里国外买房，想当初情操大讲，背地里夜夜萧郎。醒也争王，梦也争王；成也争王，败也争王。

〔双调·折桂令〕网络伪娘

网载：孙某曾是安徽某县高考状元，毕业于厦门大学。然而他在网上把自己包装成一个女明星，让宜春市的一男子神魂颠倒，半年就汇给了孙某20多万。

影绰绰靓丽娇娘，惊倒了张郎，倾倒了王郎，迷倒了萧郎。回头笑莺声回荡，百媚生莲步流芳。多少人朝思夜想，多少人梦上兰床。欲也狷狂，情也狷狂；人也荒唐，事也荒唐。

〔双调·折桂令〕贪官卖房

网曝：十八大后反腐败呼声日高。近日有许多贪官，急慌慌抛售房产，销毁罪证。

频曝光真让人胆战心惊，吃不好睡不着坐卧难宁，白日里叫妻儿探探风声，深夜里烧炷香拜拜神灵。有房产却成了包袱心病，要卖掉夫妻俩真是心疼。抓张三查李四刀光剑影，大树倒要牵累众位卿卿。反腐败总都是电闪雷鸣，一阵风刮过去浪静风平。愿这次雷声大雨点轻轻，愿菩萨保佑我雨过天晴。

〔双调·折桂令〕青楼新客

忽然曝大V嫖娼，热闹了街坊，倒掉了牌坊，人进了班房。撕破了圣贤形象，玷污了道德文章，揭穿了弥天大谎，传遍了五岳三江。老子神伤，妻子心伤，儿子情伤。

〔双调·折桂令〕房姐

都说我巧取豪夺，房产多多，户口多多，欢乐多多。我有钱让小鬼乖乖推磨，我有钱让官家修改金科，我有钱驻京城逍遥快活，我有钱买下那十里新荷。没承想曝光后讨伐挥戈，诋毁多多，积怨多多，灾难多多。

〔双调·折桂令〕赞香港保钓勇士

看东海恶浪滔滔，神社魂飘，钓岛狼嚎，小鬼挥刀，大鬼狂笑。看香港民众英豪，扛国旗独登钓岛；示主权怒火中烧；唱国歌敢斗毒蛟；挥手上敢射云枭；保家国敢灭群妖；英雄胆一代天骄。

〔仙吕·寄生草〕B某感言

醉醺醺说的是真心话，昏暗暗要把良心卖给他。静悄悄视频发到了阳光下，乱哄哄招惹了千重骂，冷清清再也收不到香罗帕。灰溜溜卷起铺盖回了家，凄惨惨被拉下了明星架。

〔中吕·山坡羊〕家族腐败（二首）

亲兄亲弟，同声同气，全家都有捞钱计。太离奇，太奢靡，恨不得家鸡家犬升天去。大树倒恶名传故里。家，有罪妻；族，有罪女。

钱多官大，官升心大，党纪国法全不怕。羡荣华，谋发家，卖官收礼明标价。人后人前全是假。妻，也犯法，儿，也犯法。

〔中吕·山坡羊〕牢中思

牢中哀叹，当年人羡，福星高照春光艳。握人权，赐官员，一言九鼎说了算。如今是缧绁牢中难入眠。妻，谁送饭？儿，谁救援？

〔中吕·山坡羊〕布朗之殇

2014年8月，美国黑人布朗在弗格森街头被警察开枪打死。引发了民众大规模游行抗议。11月，官方宣布对杀人者"不予起诉"，再次引起抗议浪潮。

冤魂无数，申冤无路。街头暴死行经处。叹遗孤，泪模糊。人权大国虚伪露，举国游行民众呼。

呼，百姓苦；权，百姓无。

〔正宫·塞鸿秋〕读报有感

2014年6月30日，中央决定开除徐才厚党籍、军籍、取消其上将军衔。

阳光普照情豪迈，反贪惩腐新时代，拍蝇打虎除公害，高官落马惊中外。一朝气布新，万众心欢快。河清海晏真期待。

〔正宫·塞鸿秋〕伟哥反腐

报载：山东省某医院院长马某，与护理部副主任赵某在酒店开房时，因两次服用过量伟哥导致昏迷，赵报120竟误报了110。马醒后，见民警误以为是反贪局官员，不等审问，便一口气交代了受贿数百万元事实。

西门潘嫂同心唱，良宵欢渡鸳鸯帐，拨云撩雨疯狂相，巨贪露底天刚亮。无须纪检查，不用公安上。伟哥反腐新花样。

〔正宫·塞鸿秋〕求医难

求医问药真昂贵，穷人住院心憔悴，医生护士催交费，家人儿女添新累。要先出院回，病变心生悔。
天天喝酒天天醉。

〔正宫·甘草子〕有感于情人起义

报载：2007年7月，中纪委公布某省政协副主席庞某贪
污腐败案。这位因好色而出色的男人终于被他最信任的情
妇组成的11人"情妇告状团"扳倒了。

有权有钱可真好，三宫六院藏阿娇。原指望花下
风流老来俏，乐逍遥。没承想鸳鸯被里刮风暴，二奶
造反齐来把状告；阴惨惨鬼吹箫，哗啦啦大树倒。缧
绁牢中苦难熬。苍天啊，难道真真是恶有恶报，在劫
难逃？

〔中吕·普天乐〕情人经济

报载：贪官积极发展"情妇经济"。湖南邵阳原副市
长戴某曾经前后包养了8个情妇，为情妇们各开茶楼或按摩
店、歌厅。同样，在庞某的支持下，首席情妇的丈夫成立
了一家金融投资公司，并担任公司总经理，另一名情妇担
任副总，由此赚得盆满钵满。

如今当官就好像过家家，董事长、总经理一大
把。说什么提拔全凭能力大，还有政绩才华；不用
夸，却原来都是靠溜须拍马。先送上老婆谈谈知心

话，又奉献秦楼靓女小娇娃。送金送银送古画，请吃请喝请潇洒。哎呀呀，贪官们竟如此卑下。

〔正宫·叨叨令〕小官巨腐

报载：河北省秦皇岛市城市管理局北戴河供水总公司原总经理马超群因涉嫌受贿、贪污、挪用公款被查处，在其家中搜出现金上亿元、黄金37公斤、房产手续68套。

苍蝇开口吞天幕，小官巨腐惊天数，黄金货币眩人目，新房近百如狡兔。气煞人也么哥，气煞人也么哥。天堂地狱说贫富。

〔正宫·叨叨令〕情人节

情人节到心欢快，风流人把风流卖，玫瑰花献西洋派，花花票子成真爱。渡鹊桥也么哥，渡鹊桥也么哥。情天孽海良心债。

〔双调·落梅风〕问天三拜

小偷反腐真奇怪，小姐反腐路太歪。靠什么为民除害？靠谁让贪官下台？老百姓问天三拜。

〔双调·水仙子〕赌球

中国足坛有不少球员参与赌球。一场球赛，球员们能拿三四万的奖金；而赌一场球，有人则能拿到几十万甚至上百万的钱。赌球已给中国足球造成毁灭性的灾难。

昨闻中国黑哨，今见生财有道。一场球赛刚排好，胜负早已定调。愚弄球迷骗领导，体育宗旨早丢掉。失信任看台上观众日渐少；有人发财有人笑。

〔越调·凭阑人〕离婚

据中央电视台报道：华北油田2005年出一新政策，下岗职工凭离婚证可以再上岗，月薪423元。一霎时，离婚者成群结队。因仿元曲《寄征衣》戏作一首《离婚》。

若要离婚君缠绵，若不离婚君赋闲。离与不离间；我心千万难。

〔南吕·金字经〕观网上辩论有感

网上有为不同见解而辩论者。有人粗言恶语相加于对手；有人据理力争而不愠不怒，从不爆粗口。

曲品即人品，曲声心底声，秽语恶言见性情。惊，果然粗言身自轻。若要人人敬，善言心至诚。

题酬咏赠　贺曲集锦

〔正宫·叨叨令〕赠徐耿华诗兄

奇言妙语浓浓调，奇思妙悟声声俏。求新求变谈诗教，师关师马青云料。羡煞人也么哥，爱煞人也么哥。三秦大地文星照。

〔正宫·叨叨令〕赠长堤老树诗兄

曲坛欠下风流债，曲心常在红尘外，曲词敢作千金卖，曲风已建京城派。羡煞人也么哥，爱煞人也么哥。百篇斗酒平生快。

〔正宫·叨叨令〕赠秣马轩主诗兄

求师初识谦谦面，拜贤共祭深深院，阋墙心痛声声劝，相逢一笑说心愿。快乐也么哥，苦涩也么哥。
逢人说项君真健。

注：唐诗曰"平生不解藏人善，到处逢人说项斯"——后世用"说项"表示在背后替人说好话。

〔正宫·叨叨令〕赠芙蓉园诗兄

北人半世长沙住，追寻贾谊屈原路，曲音曲律南风树，感时报国真情诉。羡煞人也么哥，爱煞人也么哥。白头腹内千车富。

注：唐陈子昂诗曰——感时思报国，拔剑起蒿莱。

〔正宫·叨叨令〕赠四方闲客乡兄

仙山仙气云烟吐，乡音乡谊真情诉，曲风曲律虔心悟，捷才叉手长门赋。羡煞人也么哥，爱煞人也么哥。卢前王后英风树。

注：元好问诗曰："燕南赵北留诗卷，王后卢前尽故人"——"卢前王后"指诗文之友——这里借指北京散曲作家群。

〔正宫·叨叨令〕再赠四方闲客乡兄

并州初见乡音吐，会场握手低声诉，名缰利锁谁能悟，脱俗曲作君先赋。心长乐也么哥，人长寿也么哥，晚年身是菩提树。

注：佛经偈曰——身是菩提树，心是明镜台。

〔正宫·叨叨令〕赠雨中雁诗兄

雨中有雁飞天笑，谦谦君子谦谦貌。诗家爱上东篱调，笔锋初试奇而俏。羡煞人也么哥，爱煞人也么哥，京城曲苑新星照。

〔正宫·叨叨令〕赠陶然客诗兄

陶然亭内骚人笑，陶然亭外黄莺闹。为人不羡乌纱帽，为诗常作苏门啸。羡煞人也么哥，爱煞人也么哥，群贤齐步长堤道。

注：杜甫诗云——敢为苏门啸，庶作梁父吟——引申为高傲而不同凡响的诗文。

〔双调·凌波仙〕赠京寅子诗兄

能文能武有豪情，能曲能诗留雁声。华星秋月鸣钟磬。歌江山胜景，颂尧天海晏河清。吟新事，调古筝。羡垂钓不羡虚名。

〔中吕·山坡羊〕
贺《唐明诗社》在中华诗词论坛开版

龙城花俏，龙城人笑，龙城又辟阳关道。树新标，赋风骚。真情大义高格调。月正圆时花正好。诗，兴旺了！词，兴旺了！

〔中吕·山坡羊〕京西曲会

诗坛新路，诗家新步，师关师马真情注。斥流俗，破迷途。曲花绽放心花怒，携手京城秦晋楚。情，入画图；思，入画图。

〔中吕·山坡羊〕西安曲会

仙风开道，三秦欢笑；九州曲友齐来到。树新标，创新高，联吟太白真情调，大雨登山人未老。情，振奋了！曲，兴旺了！

〔中吕·山坡羊〕贺晋社成立

歌飘云外，歌传天籁，立言晋社新时代。喜春来，上高台，孤桐朗玉人人爱，报国忧民天下怀。诗，雅韵开；人，七步才。

〔中吕·山坡羊〕贺《黔人散曲》创刊

茅台名贵，雄峰青翠，奇山奇水风光媚。曲人追，曲花飞，曲坛又见群英会，曲作曲刊臻粹美。人，敢作为；刊，有作为。

〔南中吕·驻马听〕
《诗咏五台山》书成赠编委诸同志

春雨潇潇，一卷书成花正娇。骚风唐韵，妙悟虔心，梵呗云雕。佛山朝拜路途遥，利名羁绊红尘闹。酒圣诗豪，步星枕月再登高。

〔正宫·塞鸿秋〕
贺北京市散曲研究会成立

长街帝阙红灯照，新苗老树根枝茂，文坛曲苑佳音报，大俗大雅金光道。操琴弹古音，共赏奇花俏。黄钟大吕京城调。

〔正宫·塞鸿秋〕贺唐槐诗社开版

唐槐十载风华茂，并州百里红尘闹，河汾千景阳光照。良辰吉日人欢笑。诗词曲赋情，上网开新道。吟坛处处山西调。

〔正宫·塞鸿秋〕赠郭翔臣诗兄

欲追李杜先贤步，头白思走云深处，传承散曲诗词赋，忧民忧国真情诉。并州艺苑中，独放一花秀。自由散曲开新路。

〔双调·折桂令〕贺《当代散曲》创刊五周年

创曲刊喜气洋洋，情注三江，誉满尧乡。曲苑生辉，千人共唱，超汉追唐。颂繁华曲新味长；记时代韵雅留芳。莫羡霓裳，莫叹平常，莫负好时光。

〔双调·折桂令〕贺原平《农民散曲》创刊

喜煞人曲进山乡，一片春光，十里花香，百侣诗狂。农闲时同吟同唱，农忙时挥汗山冈。叨叨令雅俗共赏，塞鸿秋荡气回肠。共事农桑，共赋华章；五岳三江，举世无双。

〔双调·折桂令〕
贺榆林市诗词学会成立五周年

听榆林雅韵悠悠，书画诗词，翰墨风流；散曲新诗，绮文骚赋，步步登楼。广结交新朋旧友；争传阅一册难求。盛世同讴，壮志同酬。名满神州，誉满神州。

〔双调·折桂令〕贺潇湘曲社成立

贺诗乡曲韵飞扬，情满潇湘，韵洒潇湘。结社追元，中州绝唱。歌盛世再谱华章，传风骚再吟霓裳，扬国粹再造辉煌。曲有余香，荡气回肠，万世流芳。

〔双调·折桂令〕
赠榆次区事务管理局诸位诗友

果然是盛世诗情，一颂和谐，二颂清平。果然是盛世精英，不相信圣贤有种，不相信天降文星，成大业永远要凡人自醒。好诗词来自心灵，真善美出自基层。旧友新朋，天道酬勤，文苑留名。

〔双调·折桂令〕并州联谊会赠外地曲友

竹林贤又聚并州，旧雨新朋，燕侣莺俦，携手登楼。昨日里荧屏称友，今日里对面交流。听仙乐狂欢敬酒，改诗文夜读研修。胜地同游，盛世同讴，曲事同谋，风雨同舟。

〔双调·折桂令〕贺《当代散曲》创建十周年

古之韵再度悠扬，结社并州；曲之乡再次辉煌，立马平阳。一声啼八方竞唱，万家和北调南腔。大手笔中华梦想，小云笺芳草斜阳。关马王张，百代留香；厂矿农桑，翁媪红妆，齐弄宫商。文化传承，世纪之光。

注：关马王张——关汉卿、马致远、王实甫、张可久——在此泛指元曲作家。

〔中吕·朝天子〕贺林峰先生八十大寿

九州，共讴，林老南山寿。德如日月照千秋，天地钟灵秀。雅韵华章，君才神授，文坛成泰斗。壮游，志酬，福祉苍天佑。

注：林峰——香港诗词学会会长。广东省梅州人，自号峰回园叟。著有格律诗集《峰回园诗稿》《峰回园吟草》《峰回园诗词一千首》。曾任香港《环球华人企业家》副总编辑；香港《世界华人天地》总编辑。

〔中吕·朝天子〕
贺首届当代散曲创作学术论坛

举双臂太行，迎佳客吕梁，盛会心花放。鲜花铺地聚华堂，追梦白云上。乐府新声，骚坛同唱，讲台论短长。曲乡，韵扬，化作滔滔浪。

〔黄钟·节节高〕贺晋阳工人曲社成立

辟开新路，迈开新步；工人弄曲，诗原逐鹿。神似元，情除旧，志抛俗。擂响文坛社鼓。

〔中吕·喜春来〕贺临汾诗词学会成立二首

尧天舜日熏风赋，华夏之源第一都，吟旗高举起宏图。奇志舒，侣众著新书。

康衢击壤唐尧庙，亘古琴书韶乐飘，诗人结社韵滔滔。吟浪高，大笔赋风骚。

〔中吕·喜春来〕贺紫韵青年诗词社成立

儒林工友齐声赞，自古英雄出少年，红光紫韵亮诗坛。文字缘，航海启征帆。

〔越调·天净沙〕
贺林兖《曲径拾英》付梓二首

孜孜不倦诗翁，心中有爱情浓，遥祝山高寿永。歌云吐凤，漳江曲苑花红。

春花秋月云鹏，家乡故国民生，花甲才思隽永。亲朋同庆，漳江又响笛声。

〔越调·天净沙〕贺吕梁散曲会议

吕梁雅韵飘飘，讲坛宏论滔滔，文苑余音袅袅。电台晨报，又兴散曲风骚。

〔越调·天净沙〕贺石家庄枫朴诗社成立

诗朋诗社诗花，红枫红韵红霞，抱朴抱真抱雅。

琴棋书画，来日誉满中华。

〔越调·天净沙〕贺广西散曲学会成立

西南万里遥遥，又闻喜讯飘飘，八桂诗贤韵好。水欢山笑，歌声曲浪滔滔。

〔双调·水仙子〕贺韩志清散曲集出版

先生散曲结奇缘，亮丽花开如碧莲，自由曲遍及诗词苑。浊漳河韵连，太行山峡谷云烟。新花串串，佳作篇篇。诗魂儿飞过云天。

〔仙吕·寄生草〕贺安徽散曲学会成立

说不完徽墨般般好，道不尽宣纸样样娇。听不厌黄梅戏古浓浓调，看不够黄山松翠天天笑，庆不完文坛新喜天天报。今朝曲友颂歌多，明天艺苑花枝俏。

〔中吕·上小楼〕
贺第十届中国散曲研究会在榆林召开

看陕北山花盛开，韶音播爱；雅韵来自蓬莱，歌声飘到瑶台。惊动了仙宫，惊呆了李太白。是谁在榆林把诗会开，竟如此让百姓喜、民众爱？却原来是散曲民歌美韵来天外。

乡音乡韵 故里情深

〔正宫·塞鸿秋〕故乡行（十五首）

退休回乡

有钱难买春光住，人生百岁如朝露，星移物换韶华暮，雏莺老燕迷家树。退休乐趣多，落叶归根度。故乡美景休辜负。

亲友聚会

故乡美景休辜负，晚年更恋家乡住，同学发小亲如故，离情别绪促膝诉。举杯海景楼，携手儿时路。云烟苗圃青青树。

同游滦河旧址公园

云烟苗圃青青树，虹桥亭榭滦河雾，喷泉阵阵成帘幕，兰舟驶入荷花渡。闲吟故里诗，莫让虚名误。搞活开放亲朋富。

私家车兜风

搞活开放亲朋富，私家车上乡间路，刘家故里张家铺，东村赏景西村驻。花前蝶漫飞，酒后诗先赋。儿时旧梦追寻处。

同游菩提岛

儿时旧梦追寻处，菩提岛上菩提树，香烟香客人无数，潮音古寺雷音护。新衣沾浪花，野岸飞鸥鹭。消灾祈福蓬莱渡。

岛上观鸟

消灾祈福蓬莱渡，猎奇观鸟寻幽路，林深草盛藏飞鹜，南洋欧美游人驻。听涛诗百篇，环岛花千树。天然野趣休闲处。

注：菩提岛是华北第一大岛。现为河北省两个生态开发旅游示范区之一，国际观鸟基地。

游月坨岛

天然野趣休闲处，惊涛拍岸千帆渡，丝弦箫鼓歌吟处，渔歌篝火狂欢步。缤纷爱侣屋，灿烂风情树。拾蛤捉蟹沙滩路。

注：月坨岛形似一弯晓月，是中国最美的八个海岛之一。拾蛤捉蟹——早晨到海边拾青蛤、捡贝壳，晚上捉螃蟹。我们来正赶上月坨岛举行荷兰风情日活动。

买醉养虾场

拾蛤捉蟹沙滩路，再听渤海波涛怒，勤劳致富天来助，云蒸霞蔚神仙炉。新虾沾蒜泥，早蟹泼姜醋。一壶老酒酬亲故。

入住渔家院

一壶老酒酬亲故，渔家小院游人住，摘瓜采果朝朝暮，听涛看海轻轻步。莫掏雏燕窝，亲捧鲜花露。渔舟唱晚歌声酷。

街头见闻

渔舟唱晚歌声酷，和谐盛世人民富，商家橱窗广告依花木，车龙如水人无数。公园演戏文，大道通高速。果然是文化强县声名树。

文化强县

果然是文化强县声名树，农林渔副擎天柱，鼓书皮影秧歌步，国家文化遗产存名录。植兰种桂田，起凤腾龙处。九州桃李芳菲馥。

注：乐亭县已有乐亭大鼓、乐亭秧歌、乐亭皮影3项国家级非遗项目，位列唐山市各县（市）区之首。并被授予《中国曲艺之乡》。

院士之乡

九州桃李芳菲馥，乐亭游子天涯路，科学院士声名著，故乡已近人才库。追星国运强，筑梦江山固。真个是合欢树接菩提树。

注：有人计算——新中国成立以来，全国共有科学院、工程院两院院士1460人，平均77万人口产生1名院士。而仅有49.52万人口的乐亭县就产生了10名院士——平均5万人一个院士。人称院士之乡。

回母校乐亭一中

校园芳草幽香透，百年书院人文厚，师生岁岁争优秀，读书不怕人消瘦。敢为时代先，立志在年幼。辉煌总在艰难后。

赶集赶会

民间小曲梨园调，秧歌大鼓莲花落，赶集赶会龙王庙，幼童耆老齐来到。小吃引客多，杂耍发人笑。最迷人是八戒抬花轿。

离乡回眸

驱车上路难为笑，频频回首滦河道，树儿招手花拥抱，有情莺燕低声叫。文坛老友来，故里新朋到。何时再赋渔家傲？

〔中吕·喜春来〕故乡忆（十六首）

忆　乡

故乡梦里常相见，家住滦河渤海边，海鸥海岛打渔船。追忆远，碧野茫茫大平原。

忆　海

日升海上金光灿，浪涌波涛水接天，当年魏武可挥鞭？追忆远，读史展遗篇。

注：遗篇——指曹操碣石篇。据记载，当年曹操东征乌桓胜利回师途中，登碣石山观沧海，留下了千古绝唱：东临碣石，以观沧海。这首诗是在乐亭的海边写的——据北魏郦道元《水经注》一书记载，碣石山在乐亭西南海域，六朝时沉入海底。

忆　岛

菩提岛上潮音殿，祈福烧香结善缘，高歌一路扣船舷。追忆远，来去浪滔天。

注：菩提岛是华北第一大岛。现为河北省两个生态开发旅游示范区之一，国际观鸟基地。

忆　港

北方大港何时建？积弱积贫上百年，如今是万吨巨轮吞吐碧云天。追忆远，伟略自中山。

注：早在1919年，孙中山先生在《建国方略》中就提出要在乐亭县海域建设"与纽约港等大""为世界贸易之通路"的"北方大港"。1993年建的京唐港位于滦河口以南乐亭县王滩乡。

忆　渔

渔家小妹芙蓉面，对海梳妆苦也甜，渔歌渔网度华年。追忆远，远望盼归船。

忆　泳

群童戏水声声唤，烈日沙滩浅水湾，太阳伞下梦甜甜。追忆远，再聚待来年。

注：浅水湾——乐亭海域，京东著名天然海水浴场。

忆　农

耕牛鸡犬农家院，燕燕莺莺年复年，京东天府米粮川。追忆远，最忆是炊烟。

注：因天然气的普及使用，农村不再烧柴禾，当地已经见不到炊烟。

忆　史

龙闲凤逸名园建，全史宫词四海传，百年身后起文澜。追忆远，夜游琼筵坐花间。

注：史—指乐亭乡贤史梦兰。史是晚清硕儒，被慈禧太后称为"京东第一人"。百年身后起文澜——史梦兰所作"全史宫词"，在史逝世一百多年后，被选入《中国古典文学名著百篇》，成为不朽的经典。

忆　武

文韬武略登金殿，名重军中仰圣颜，君亲授钺守边关。追忆远，当年走马斩楼兰。

注：武——指武状元李国梁，乐亭徐各庄人。乾隆二十二年中武状元，授职御前头等侍卫，后升任定海镇总

兵、福建省陆路提督、湖广提督、直隶提督。曾参与平定
滇川少数民族叛乱。

忆 贤

少年壮志发宏愿，挽救危亡立万言，沪京建党力
回天。追忆远，乾坤再造祭先贤。

注：先贤——指李大钊先生，乐亭县大黑坨村人，中
国共产党的创始人之一。

忆 春

春风春雨春花灿，小麦复青百鸟喧，万家桃杏绽
芳园。追忆远，曾有踏春篇。

忆 夏

蝉鸣柳绿荷花艳，林茂花繁瓜果鲜，青纱帐起荡
云烟。追忆远，月夜会婵娟。

忆 秋

水长天远南飞雁，虫鸣蛩韵秋月圆，鱼虾稻米富
民间。追忆远，水陆满车船。

忆 冬

北风呼啸滦河岸，大雪封门腊月天，地炉火炕梦香甜。追忆远，耕读建家园。

忆 迁

县城房改高楼建，绿树花坛满市廛，祖居旧院已东迁。追忆远，如今人是画中仙。

忆 影

盼临夜幕台前站，翘首荧屏锣鼓喧，曹家小调震心弦。追忆远，看影远胜过新年。

注：乐亭方言——看皮影戏叫做"看影"。乐亭皮影戏，俗称"乐亭影"，发源于乐亭县。是中国皮影戏的一个主要剧种。国务院把乐亭皮影列入第四批国家级非物质文化遗产代表性项目名录。

〔双调·折桂令〕初中老同学聚会

五十年再聚家乡。昔日同窗，今日同堂，美味同尝，校歌同唱，一醉同狂。忘不了少年梦想，说不完岁月沧桑。室内茶香，室外花香。祝福声声，意蕴情长。

〔双调·折桂令〕游乐亭滦河遗址公园

切莫夸胜过苏杭，那是因人爱家乡。迷人处水阔天长，浩淼烟波，虹桥月槛，叶翠荷香。画舫里、游人对唱；亭榭中、情侣成双。古渡茫茫，古树苍苍。百鸟回翔，云影天光。一半幽燕，一半潇湘。

注：百鸟回翔——当地海湾有一菩提岛，是国际观鸟基地，鸟类众多。因此近海地区鸟类较多。

〔双调·折桂令〕咏渤海湾

渤海湾岛影波光，春也飘香，夏也阴凉，秋也琳琅。四季里兰舟渔唱，月镜云裳。森林密天然富氧。万物生百鸟飞翔。更迷人冬季风光，雪域茫茫，素裹银装，树挂冰霜，仙境仙乡。

〔双调·折桂令〕大港村祭

步遗踪大港村前，共忆当年，共祭乡贤。忠孝传家，乐施好善，挥翰名园。旷世才龙盘凤闲，如椽笔后掖廷宣。往事云烟，绿树花坛，全史宫词，传世名篇。

注：大港村是晚清硕儒史梦兰之故里。慈禧太后称史为京东第一人。清廷曾授其官职，未赴任。史梦兰所作"全史宫词"，被选入《中国古典文学名著百篇》，成为不朽的经典。

〔大石调·念奴娇〕乐亭青春广场夏夜

连连热浪，盼降临夜幕，清心消暑。广场上彩色喷泉喷水柱，为消夏天天歌舞。小扇轻风，翁婆闲话，情侣低声诉。幼童多趣，绕花池慢学步。〔幺篇换头〕盛世欢乐和谐，良宵共渡，深夜闻笙鼓，笑语喧歌声处处。奔小康家家富，暮暮朝朝，朝朝暮暮，携手青云路。看神州大地，到处是美家园富黎庶。

〔中吕·普天乐〕乐亭浅水湾游泳场

海浪轻，海风静；海天一色，海鸟飞鸣。远望轮船渔船慢慢行，冲浪滑水风雷动，绿女红男波中泳；笑群童浅水湾中，悠游尽兴。太阳伞下亲朋共，其乐融融。

〔正宫·叨叨令〕忆母

校园入夜书声伴，晚归儿女心牵念，黑灯瞎火街前站，风霜雨雪倚门盼。寸草心也么哥，报春晖也么哥。如今不见娘亲面。

〔正宫·塞鸿秋〕野台戏

丰收年有丰收会，野台唱戏千村沸，农夫们跑二十里路不嫌累，翁婆们连看半月痴如醉。家家客满门，户户人不寐。看客们天天陪古人洒下多情泪。

〔中吕·粉蝶儿〕渤海湾

渤海湾滦水河边，咱家乡最美禹甸。孤竹国亘古多贤。海风吹，渔歌唱，云烟莺燕。阔野平原，处处有杏花深院。

〔醉春风〕碧海浪滔天，晴空海燕旋。海风海岛打渔船。险，远。说什么蓬岛瀛洲，始皇欲渡，跨海寻仙。

〔红绣鞋〕海上初阳喷焰，涛声岛影归帆。渔村

晒网艳阳天。渔家女，俚歌小曲唱幽燕。故乡美景幽
梦牵。

〔满庭芳〕月坨岛、金沙岛、菩提岛、翔云岛诸
多景点，如临仙境，如结仙缘。最迷人东南瀛岛曹妃
甸，想当年御驾回辕。美丽传说万千，虹桥月槛仙
山。热土开发声声唤，国际风情上演。说不完海滨海
岛众婵娟。

〔上小楼〕不要怕涛惊浪险，也不探龙王宫殿。
只爱那渔船、轮船、舢板、快艇和如画帆船。渔场虾
场浴场港口沙滩，太阳伞下享清闲。养鱼虾，养扇
贝，建场围堰。时代航船驶向前，浪花飞溅。

〔尾声〕和风习习送客船，大海茫茫知浩远。人
人都有家乡恋，大爱真情上云笺。

注：
1.据县志记载，秦始皇、曹操、隋炀帝、唐太宗等到过
乐亭海边。
2.月坨岛传说是嫦娥参加龙王太子婚礼的行宫。

第六辑

自由曲（二十首）

〔自由曲〕漫咏当代散曲家

虽不曾饮露餐霞，却也是童心鹤发，道骨仙风处士家，只玩那诗书印画。撰散曲直追关马，赋诗章妙笔生花。笔尖下人情世态渔樵话，都化作丽日桑麻。

〔自由曲〕有感贪官升官（三首）

人人都恨贪官贪，谁知贪官升高官。不是苍天无眼，不是祖坟冒烟。贪官越贪越有钱，越有钱就越升官。嘲笑清廉，愚弄贫贱，放纵奸贪，欺压良善：吏治上的恶性循环，人世间的腐败根源。

贪官升官也偶然，偶然之中有必然。贪官有权又有钱；有权有钱能结缘；结缘能把后台攀，护官之符非戏言。可怜清廉，可叹贫贱，可恨奸贪，可悲良善。贪官升官难欺天，洒向人间都是怨。

贪官升官受阻拦，铲除贪官颇艰难。任前公示察民愿，首长问责须把关。民主考评选能干，廉政档案辨廉贪。提拔清廉，扶助贫贱，打击奸贪，任用良善。机制制度需健全，执政为民心不变。

〔自由曲〕厚黑学

莫怕名不扬，厚黑学帮你进官场。你如学会厚脸皮黑心肠，保证你腾达飞黄。先学会吹捧拍，再学会暗箭把人伤。要记住当官的不打送礼的，官场里有人下才会有人上。为富不仁是古训，当官不能有好心肠。心肠软就会把良机丧，脸皮薄就会把权力让。当官不在乎能力强，升迁全靠后台棒。莫怕名不扬，厚黑学教你自由驰骋在官场。

〔自由曲〕高薪不能养廉

报载：河北省原外经贸厅副厅长李某，日均受贿5万元，月均受贿170万，在一年多的时间里受贿4700多万。近几年揭露的贪官大多如此；家中越有钱，贪贿的钱越多。乾隆时期的和珅，富可敌国，还是要贪污受贿。因此，有人置疑高薪养廉是否正确。

人心不足蛇吞象，古今贪官都一般：越是贪婪越有钱，越是有钱越贪婪。有了一百想一千，有了一千想一万，有了十万想百万，有了千万想亿万。有了亿万想当皇帝，当了皇帝还想当神仙。人说高薪能养廉，却不道钱多人心会更贪。若要官不贪，定要制度严，高举反腐剑，把好用人关。

〔自由曲〕权力导致腐败

说怪也不怪，权力导致腐败。滥用小权小腐败，滥用大权大腐败；绝对的权力，绝对的腐败。这几年我们拭目以待，滥用权力的人一个个倒下来。有些人刚刚上台，昔日谦恭的面貌已改，一朝权在手，立即露丑态：媚上傲下人惊怪，早把良心坏。坐名车，住豪宅，挽小蜜，包二奶，洗桑拿，穿名牌。狡兔几窟，各大城市都把住宅买。本来平庸无才，工作靠帮派，上爬靠后台，稳定靠裙带，政绩靠捧拍。为捞钱常把官来卖，连做梦都想升大官发横财。如今是怪多人不怪，不受约束的权力定腐败。

〔自由曲〕何处有净土

2004年夏，高考招生时爆发了一系列丑闻。北京航空航天大学的教授庞某和教师高某、刘某三人，向学生索要10万元，再给通知书。为此，北航校长曾向社会道歉。云南师范大学职业技术学院和内蒙古某高校，又要学生多交费，才给注册。

都说学校是净土，塑造学生灵魂处。社会精英，国家栋梁，都在学校造就。教师神圣，教授名流；不沾庸俗，不染铜臭；世代令世人羡慕。而今已被商品大潮玷污。有的人已是唯利是图。在学言商，为发财使出浑身解数，为捞钱发明新招数。北航招收新学生，先交十万元，再发通知书。云南某学院，先交雪花银，再给你注册发书。不管你是智力低下，还是浪荡纨绔；有了钱就能上大学读书，有了钱就能出国留学跑遍五大洲。有了海归的美名，还能进入社会的上流。呜呼！放眼望神州，何处有净土！

〔自由曲〕哀矿难

峰峦欲哭，松涛欲诉。十里矿山披缟素；哀乐低回悲满路。妻儿长跪久匍匐；不忍睹，白发老母扶老父。朝为打工郎，暮回成白骨。天悲风吼人震怒！黑矿主心黑难书。

〔自由曲〕贫困生

《山西晚报》2005年6月23日载：太谷一中理科考生榆社人陈某，因估出高分，其父埋怨自己没本事，连孩子的学费都没办法凑。几天后服毒自杀。

俊才陈生，金榜高中。举家沉沉无欢庆，父愁母呆成心病：高额学费何处弄？没承想，老父饮毒把命送。苍天不仁啊！何不早示警，儿愿毁前程救父命！

〔自由曲〕村长的烦恼

2005年11月13日，中央电视台广播：河南某县，为了推广火葬，下了指标。要求火葬率达到自然人口的千分之六。某村长发了愁：本村人已逾千，可一年死不了六个人，那怎么办？

当官秘诀人知晓，政绩不可少；官出数字莫忘了，数字出官要记牢；人死火葬要指标，千分之六不算高。只要办事求实效，目标一定能达到。年底检查快来到，村长心急生烦恼：村民们都活蹦乱跳，我究竟让谁先死才好？

〔自由曲〕莫让腐败分子领导反腐败

有些地区真奇怪，腐败越反越厉害。有些单位也奇怪，腐败越反越公开。有些人士更奇怪，原来不腐败，现在也腐败；原来小腐败，现在大腐败；嘴上反腐败，心里想腐败；台上反腐败，台下搞腐败；白天反腐败，黑夜搞腐败；老子反腐败，妻儿搞腐败。问君何如此，回答更痛快：如果不腐败，钱财从哪来？

如果不腐败，儿女咋安排？如果不腐败，怎能年年到国外？如果不腐败，美人怎能拥入怀？深究原因更可哀：原来是腐败分子领导反腐败！

〔自由曲〕义演

打着扶贫助残的旗号，唱着义演的高调，声势造得越大越热闹。媒体上天天说奉献爱心好，好心人都掏腰包。既是扶贫助残，谁还计较票的价格是多是少？组织者捞足中饱偷偷笑，明星们大把大把拿钞票，剩余的钱吃喝玩乐挥霍掉。有了募捐义演的美名，所得税也不用交。名利双收谁不笑？

〔自由曲〕文化节

有些地方官员热衷于搞这样那样的文化节，走进了"政府露脸，企业出钱，明星发财"的怪圈。企业钱从何来？只能挤占成本，只能挤占工人工资那一块成本。

官员露脸，明星发财，企业和民众掏腰包；这样的好事谁不想找？名媛陪坐，明星伴酒，政绩和名声又抬高；这样的机会谁不想要？热闹闹先把声势造，乱哄哄内幕谁知道？来看的都是些冤大头傻帽，被愚弄还要拍手叫好。组织者钵满罐溢喜上眉梢，明星们早已拿到了高额支票，借招待高消费的日子真是好，吃喝玩乐全报销。花天酒地过几天，神仙也不过如此逍遥。

〔自由曲〕不要删掉五壮士

风萧萧兮易水寒，壮士一去兮不复还。忘不了抗日烽烟，忘不了八路军血战狼牙山；忘不了五壮士纵身一跳，化作了正义的火焰。五壮士的事迹早已传遍；显示了民族的铁骨和尊严。现在竟有人公开媚外丢脸，要把五壮士的事迹改删。全国舆论哗然。感谢我们的网民正气凛然，爱国呼声一片。不要忘记东邻还在虎视眈眈，不要忘了靖国神社里战犯的阴魂不散；不要忘了参拜者还有日本首相小泉。在日本有人篡改历史美化战犯。我们怎能够高枕睡眠？要让光荣传统代代相传；要让英雄在九泉下安眠。愿英灵永保，祖国长安！愿国人长醒，警钟长悬。愿后代如斯，勇往直前！

〔自由曲〕祭母

十年驾鹤望天涯，儿只在梦中见妈。进陵园肃穆白花，齐跪拜儿孙泪洒。想娘亲九泉之下；坟孤碑冷，凄凉与谁话？想娘亲九泉下；年迈体衰，又有谁侍汤奉茶？望远空一片红霞，可是父母仙驾？儿宁信人有灵魂不假，一家人能团圆地下。有娘亲才算有家。

〔自由曲〕老宅拆迁

　　河北省乐亭县旧城北部，有我家老宅一处，是祖上在清咸丰年间购置的。距今已经二百余年。我的祖父、父亲和我们弟兄姐妹六人，都是在这座老宅出生的。今年因县城重新规划而拆迁。特写此诗，以祭告祖宗亡灵，留作纪念。

　　祖宗积德，天降祥瑞；百年老宅未荒废。几经战乱几安危，人生沉浮有进退，老宅依然有光辉。新区要占老城位，忍见拆迁含热泪。忆祖宗创业千般累：繁衍生息，云蒸霞蔚；春种秋收，花红叶翠；靠勤劳，靠智慧，吾家代出英贤辈。愿英灵永葆，福延泽惠。人生一世足珍贵，于国于家应无愧。念城市规划前景绘，未来乐亭会更美！祖宗英灵应告慰。

〔自由曲〕说医改

　　自从官方承认"中国医改不成功"以后，医改已成为反思的焦点。

千家万户说医改，方方面面都把真情盖。老百姓说药费昂贵难忍耐，医疗费高不敢把医院的大门迈，小病强忍成大灾。药商说收入降低破了财，企业亏损真难挨。医院说医院和医生受了害，医生们都要把行改。这事谁能说明白？这事谁不想明白？这事应该有交待，应该给大家说明白。

〔自由曲〕股市套牢

金融风暴，金融海啸，股民厄运难逃。资金万亿蒸发掉，联合救市全无效。信心消，怨声高，危机横扫如山倒，企业减员薪减少，殃及池鱼难自保，几多峰会渊源找，应对危机出绝招。扩大内需救命草，先把自家事办好。

第七辑

琐记（六篇）

元曲中平声上声是否可以通用

　　王力先生在《汉语诗律学》中说：曲子的平仄比诗词更严，因为上声和去声的分别很严格；该上的不能去，该去的不能上。周德清认为，阴阳两平声非但在实际口语中有分别，在曲律中也应该有分别。还有比这更严格的观点。如启功先生在《诗文声律论稿》中说：有些词曲家主张，曲类作品某句某字必须用四声中某声；又有人主张有时某字不但要讲四声，还要讲清浊，甚至讲唇齿舌牙喉鼻发音部位。这些说法不无道理。因为曲要入乐，受到歌唱和乐谱的限制。

　　在我们实际研究元曲作品后，发现"另类"作品也不算少；也就是该仄而平或该平而仄的情况并不少见。周德清也注意到这种现象。他在《中原音韵》里，常常提到该用上声的地方，说"用平声属第二着"；又于该用平声的地方，说"用上声属第二着"。周德清的观点是，这些地方，用规定的字最好，若用平代上或用上代平，就只能算次好。王力先生仔细研究后认为，在元曲中上声常常可以代替平声，尤其在韵脚是如此。在诗词里，上声和去声同属仄声，通用是正常的；上声和平声通用，是不可想象的事。因此曲的这种现象很值得注意。

　　为了搞清这个问题，我们应该仔细地分析一些作品。用现在的话说，就是让事实说话。为了方便，我们选一常见的曲牌《天净沙》。《天净沙》的曲谱是：

　　平平上去平平（韵），去平平上平平（韵），〔去〕上平平去上（韵），〔平〕平平去，上平平〔上〕平平（韵）

　　上列曲谱中方括号内表示可平可仄、可上可去。

　　为了方便，我们只研究第三句的最后两字。因为元人比较讲究句末的音调，特别是韵脚。《天净沙》第三句是“〔去〕上平平去上（韵）”。句末两字要求是“去上”。

　　我们以《元曲鉴赏辞典》（中国妇女出版社出版，贺新辉主编，1988年版）为例。该辞典共选《天净沙》13人22首。严济忠、马致远、乔吉、徐再思、李致远、孟昉和无名氏各1首。张弘范2首，白朴4首、张可久3首、吴西逸2首、朱庭云1首、汤式1首。

　　下面列出这22首《天净沙》第三句句末两字的六种情况。

第一，句末两字为"去上"即合律（又称主格）的六首

古道西风瘦马（马致远《秋思》）

绿柳匆匆去马（张可久《湖上送别》）

为问东君信息（朱庭玉《冬》）

何事离多恨冗（吴西逸《闲题》四首之二）

月坠茎寒露涌（孟昉《十二月乐词（九月）》）

大丈夫时乖命蹇（严济忠《宁可少活十年》）

第二，句末两字为"去平"的八首：

那的是愁肠断时（张弘范《梅梢月》第一首）

今古别离最难（张弘范《梅梢月》第二首）

杨柳秋千院中（白朴《春》）

绿树阴垂画檐（白朴《夏》）

万劫千生誓盟（张可久《春情》）

解与诗人意同（朱庭玉《秋》）

靉靆云埋树腰（汤式《小景》）

当役当差县徛（汤式《闲居杂兴》）

第三，句末两字为"上平"的四首

雪里山前水滨（白朴《冬》）

隔水疏林几家（张可久《江上》）

春到南枝几分（徐再思《探梅》）

塞上清秋早寒（无名氏《平沙细草斑斑》）

第四，句末两字为"上上"的二首

依旧红尘满眼（吴西逸《闲题》四首之一）

有恨心情懒懒（李致远《离愁》）

第五，句末两字为"上去"一首

一点飞鸿影下（白朴《秋》）

第六，句末两字为"去去"的一首

事事风风韵韵（乔吉《即事四首》之四）

统计表明，本辞典的所收录的22首《天净沙》，第三句最后两字是"去上"即合律的6首，占27%，不合律的占73%。在出律的16首散曲中，计"去平"八首占36%；余下"上去"1首；"上平"4首；"去去"1首；"上上"2首；共8首；占36%。在元曲里，以去代上或以上代去，或以平代去、以去代平，被认为是严重出律的。以平代上或以上代平，算是次好。在本书所选的22首里，严重违律八首占36%。这是一个不能忽视的现象。因为出律现象太多，很多人都注意到这种情况。许多专家学者都关注过这个问题。王力先生在解释这种现象时，做了一个猜想。他猜想在元代，因阴平阳平的发音和上声近似，因此上声和平声就往往通用了。王力发现，从元曲的实际情况看，阴阳两平声仍是当作一类看待的；而不是像周德清说的那样，平声字要分出阴平阳平。（见《汉语诗律学》，上海教育出版社出版，1964年8月版。）

我们仔细研究元曲作品，发现平仄出律的作品还真不少。因此，不同书里的曲谱往往不同。有些曲谱有去、上的分别，有些只标仄声，并不要求区分去、上。笔者认为，出现这种现象的原因，大致有四条。第一，因为先有作品后有格律。一种诗体的产生，总是先有开拓者写出作品，后人根据这些作品总结出格律。因此格律是逐渐产生、逐渐成熟、逐步完善的；越往后格律越完整越严密。这样，先期的作品出律就是正常现象。第二，格律不是法律，没有强制性。作家愿意遵守也行，不愿遵守也行，在格律成熟后，有时又因太细而走向繁琐。用哲学思想分析格律，也能发现这样的规律：事物走向极端就走向反面。当格律太细的时候，如仄声分上去，平声分阴阳，阴阳声分清浊，格律被突破的机会就增多。名家的作品，不管是否合乎格律，都能流传。中国人的传统思想是名家没错误。即使他们的作品出了格律，后人也能为他们编出各种理由，说明他们的拗体都是合理的，甚至能够说明他们的错误都是创新。我猜想李白、杜甫或关汉卿、白朴们在不按格律写作品时，只是考虑语意比格律更重要，不会有更多的考虑。第三，有些格律，是格律专家所认为最理想的形式；并没有被广大作者所接受。这些主张是否合理还成问题，因为它不是普遍规律。（见王力《汉语诗律学》第777页）。第四，衬字就是元曲作家发明的。从加衬字的情况看，元代作家比较求实。在创作中他们不让格律束缚自己的思想。因此有些大作家很轻格律。如上面列举的《天净沙》，白朴四首都出律。从别的书中我们看到，马致远在填写《天净沙》曲牌时，有时也出律。

　　由于上述种种原因，元曲中平声上声通用的情况虽然多；应该说还不是规律。因为作者为了准确地表达自己的思想，以去代平、以平代去、以上代去、以去代上的情况也常有，尽管数量比较少。

元代散曲加衬字有没有规律

　　散曲可以加衬字，这给了作者很大的自由。由于衬字不受格律的限制，不讲平仄，不拘字数。既可以补充语义，也可以增加语言的感情色彩，因而作者可以淋漓尽致地表达自己的思想感情，可以表达复杂细腻的思想感情，从而增强作品的感染力。但加衬字有没有规律可循？元人加衬字的根据是什么？我们如何继承元曲的创作传统？如何借鉴？如何发展？确实值得我们好好学习研究。

在古代和现代人论曲的著作里，我们常常看到这样的话：衬字一般以虚字为主，也可以用实字；一般小令衬字少，套数衬字多；衬字多用于句子的开头，而不用于句末，更不能用于韵脚。应该说这就是规律了吧！可问题就出在"一般"这两个字上。"一般"就是说大多数情况，换句话说，也就是这样加衬字的作品多。而"一般"之外，其他种情况也存在。究竟存在到什么程度，没有人严格地界定。

例如，王力先生说过："每句衬多少字，并没有一定的规律。大致说来，小令衬字少，套数衬字多，杂剧衬字更多。"他从衬一字到衬20个字的，都举了一例。（《汉语诗律学》715页）这么多的变数，还是"一般"的。特殊的情况存在不存在呢？所以王力先生又举了三例，就是衬字比曲字还多的。我们只选二例。

第一例是王和卿的：

《百字知秋令》（小令）：

绛腊残半明不灭寒灰看时看节落，

沈烟烬细里末里微分明日里渐里消。

碧纱窗外风弄雨昔留昔零打芭蕉

恼碎芳心近砌下啾啾唧唧寒蛩闹，

莺回幽梦丁丁当当檐间铁马敲，

半歃单枕乞留乞良捱彻今宵，

知被这一弄儿凄凉断送的愁人登时间病了。

这首小令，曲字三十九，衬字六十一。

第二例是《北词广正谱》所述孔文卿〔东窗事犯·醉春风〕里面的一段：

我单道着你，

你休笑我秽，

我这里面倒干净似你！

《北词广正谱》原注云："三字衬作三句，然只做三字看。"王力先生感慨地说："可见衬字有比曲字多到五倍以上的。"

如果我们认真分析元代作家的作品，可以发现，实际情况要复杂得多。

周德清在《中原音韵》曲调352章中，有十四章是注明"字句不拘，可以增损"的。如：《正宫·端正好》《仙吕·混江龙》《双调·折桂令》等。这里的所谓字句可以增损，是和衬字不同的。衬字是曲字以外的字；而周德清所谓可以增损，则是曲字本身可以增损。（后来的学者指出，字句可以增损的，有不少是周德清失注的。）

如王实甫的《后庭花》（西厢记）

我则道拂花笺打稿儿，

元来他染霜毫不匀思。

先写下几句寒温序，后题着五言八句诗。

不移时，

把花笺锦字，叠做个同心方胜儿。

特风流特煞思

特聪明特浪子。

虽然是假意儿

小可的难到此。

王力先生说，"我则道"和"元来他"是衬字。"拂"和"染"是增字。而"特风流特煞思，特聪明特浪子。虽然是假意儿，小可的难到此。"四句是增句。

再如元好问的《新水令》：

一声啼鸟落花中，

惜花心又还无用。

··深院宇，··小帘栊。

点检春工，

夕阳外绿阴重。

这首散曲第三、四句的曲谱是"×平平仄仄，×仄仄平平"，很明显在"深院宇"和"小帘栊"前损减了两个字。

像这种例子不算少。如关汉卿的《普天乐》崔张十六事之十二，开头四句是"碧云天，黄花地，西风紧，北雁南飞。"而这四句的曲谱是"仄平平，平平仄，平平仄仄，仄仄平平。"也就是说，第三句减了一个字。而《普天乐》不包括在字句可以增损之例，也有人增损。"崔张十六事之十三"最后三句是"人去也，去时节远也，远时节几日来也。"这三句的曲谱是"××仄×，×平×仄，×仄平平。"且不说"人去也"一句减了一字，三个虚词"也"字作了韵脚，既当平声用又当仄声用，也是非常大胆的。

应该说，这样的例子是比较多的。散曲的格律，确实存在这样的情况：你不说我还明白，你越说我越糊涂。从表面看，好像后代人（清以后）比元代人还严格。其实这正是我们应该研究的地方。

从情理上说，后代人不可能比元人更懂元曲。元人加衬字自有他的道理。

　　我认为，从文字上研究散曲，已远离了元曲的本质特点。龙榆生先生说："词和曲都是先有了调子，再按它的节拍、配上歌词来唱的。它是和音乐曲调紧密结合的特种诗歌形式，都是沿着'由乐定词'的道路向前发展的。"关汉卿等人写的散曲或杂剧，都要拿去演唱，受实践检验。而关汉卿、王和卿等人，都擅长歌舞，精通音律。不但编写了大量的剧本，还亲自参加舞台演出的实践。（史书记载"关汉卿辈，躬践排场，面敷粉墨，以为我家生活，偶倡优而不辞。"）这样的生活，让他们掌握了丰富的舞台经验和器乐声乐知识。所以他们写的散曲更便于歌唱。他们所加的衬字和增损的字句来都受音律的支配；有鲜明的形象，有真挚的感情，有强烈的艺术感染力；因而更能赢得观众或听众的喜欢。我们可以毫不含糊地说：元人加衬字是根据音律和歌唱的实践。在能表达思想感情的前提下，怎样顺口，怎样歌唱得流利、铿锵、大气磅礴，怎样歌唱得感情缠绵细腻，他们就怎样加衬字，怎样增损字句。因此他们增损的字句，所加的衬字，都符合此宫此调（即能按照此宫调演唱或重复演唱）。而后人所加的衬字和增损的字句，只不过是敬天法祖——古人这样加了，我就这样加；古人没有这样加过，我也不能这样加。完全是跟在古人后爬行。元人检验衬字是否合理的标准是音律和演唱的实践；后人检验衬字是否合理的标准是对照前人的作品，看有没有作品可以效法。所以我们加衬字的方法早已违背了元人的初衷。自从散曲的宫调曲谱失传以后，散曲就失去了歌唱功能。以后作者所加的衬字已无法受到音律的检验。

本来歌词就有两种，一种是先有了曲调，再按着宫调曲谱的节奏填上歌词，元代散曲就是这样；还有一种，就是先有歌词，再由音乐家拿来谱曲，现代歌曲都是这样。由于时代的变迁，音乐的发展，再加上散曲曲谱的失传。当代人写的散曲已不能歌唱。所以今日之散曲，已非元代之散曲。不仅仅是语言不同，所表现的内容不同，其形式功能也不可能等同元代的散曲。从写作艺术技巧上，散曲有包括加衬字等许多特点和优点，因而散曲作品通俗明快、自由活泼，有浓郁的生活气息。现在看来，散曲这种文学形式，更适合表现现代生活，更有发展前途。只有充分认识这些特点，继承优点，合理创新，才能发展和繁荣散曲。

此曲只应天上有

——曹雪芹与自由曲

曹雪芹写没写过自由曲？论没论述过自由曲？我们的回答是不但写过，还确实论述过。

当然，曹雪芹的时代还没有报纸杂志，也没有学报和其他媒体可以发表论文和诗词，他也好像也没写过笔记之类的文学评论专著。但是他在《红楼梦》一书中，确实写过十四首自由曲，并且通过警幻仙子之口对自由曲进行了评价。《红楼梦》第五回这样写道：饮酒间，又有十二个舞女上来，请问演何调曲？警幻答道："就将新制《红楼梦》十二支曲演上来。"舞女们答应了，便轻敲檀板，款按银筝。听她歌道是：开辟鸿蒙……方歌了一曲，警幻道："此曲不比尘世中所填传奇之曲，必有生旦净末之则，又有南北九宫之调。此或咏叹一人，或感怀一事，偶成一曲，即可谱入管弦，若非个中人，不知其妙。料尔亦未必深明此调，若不先阅其稿，后听其曲，反成嚼蜡矣。"

这十二支曲子就是：《终身误》《枉凝眉》《恨无常》《分骨肉》《乐中悲》《世难容》《喜冤家》

《虚花悟》《聪明累》《留余庆》《晚韶华》《好事终》。还有一首《引子》和尾声《飞鸟各投林》，共计十四首。

我们无法知道曹雪芹是否腻味了那些被格律所拘束的陈词滥调，因而去追求一种清新的语言和崭新的曲调，才写出了"警幻论曲"这一段文字和十四支自由曲。但我们能读懂警幻的潜台词。警幻一句"此曲不比尘世中所填传奇之曲"，已向我们暗示了"此曲只有天上有"的意思。在中国人的心中，天上的仙曲远远要比人间的好。因而人们常常用仙乐、仙曲比喻美妙的音乐。曹雪芹把自由曲写成天上之曲，而且只有警幻仙子一类人才配听。可见他对自由曲的推崇。

也许有人说，自由曲是现代人丁芒、温祥等人提出来的，曹雪芹怎么能够写过？我们说，看问题不能看现象，还要透过现象看到本质。很多问题都是如此：最重要的不在于名称而在于实质。这十四首曲子，正如警幻所说，无南北九宫之调，不是按格律写的。从语言上看，不符合元明散曲任何一个曲牌的格律，也没有任何宫调曲调。要拿来歌唱，还要照词谱曲。可见，它完全是作者根据内容的需要，自由地写出来的。从这个意义上说，警幻对散曲的看法和现代人的看法一致。其歌唱方法也和现代作曲家作曲的顺序相一致。即先有词，后谱曲。因此它是货真价实的自由曲。

我们还应该看到，前人有许多人写过自度曲。自度曲和自由曲的区别，在现代应该说没有区别。在古代，有些作者自己在度曲词的同时也能自己谱曲。在当代的曲作者中，这种人几乎是凤毛麟角。要知道，我们现在写的格律散曲和自由曲都成了目诵文学了，真正拿来歌唱的几乎没有了。

讴歌时代　点燃希望
——小议工人散曲大有希望

晋阳工人散曲社是2014年11月30日成立的。成立时才26人。现在50多人。直到今日，创作散曲的数量已有几百首。

大家知道，中华诗教是文化兴邦的重要支撑。中华文化是中华民族的血脉，是炎黄子孙共同的精神家园，是实现中华民族伟大复兴的强大精神力量。被誉为中华民族文化精髓的中华诗词及其以诗育人的诗教活动，对于传承诗教文化，承载人民群众的精神寄托，实现民族复兴大业，有着独特的意义和作用。

因此，中华诗词学会要求我们，抓住五进，推动社会繁荣、和谐、进步。五进，即诗词进学校、进机关、进农村、进企业、进社区。

在工矿企业建立曲社，完成了让诗词进入企业。这是让散曲融入企业文化，在促进经济效益提升的同时，促进企业文化发展的一项具体措施。

实践证明，工人散曲社成立只有短短半年多时间，但是参与人数之多，创作热情之高，创作数量之大，都让我们感到工人散曲大有希望。

出现这种状况的原因是多方面的。但是首先是广大工人喜欢散曲，有这种文化需求。

我们应该看到，现代社会的大企业都非常重视企业的文化建设。因为企业文化是企业发展不可或缺的软实力。一个没有自己独特文化的企业，是不可能长久而健康地发展的。当代的工人，也不是传统意义上的工人。当代工人需要多方面的文化生活。

我们以上市公司——西山煤电公司为例说明这个问题。西山煤电公司是个拥有7万工人的现代化大型企业。其生产流程早已实现了全自动化。井上井下，都实现了全覆盖自动监控。这样的现代化生产，不仅需要简单的体力劳动，更需要高知识水平的复杂劳动。因此在2000年以后，有不少大学生、大专生都当了工人。与过去相比，工人的文化结构、知识水平发生了很大变化。这样的工人队伍，对文化生活的需求，是多层次、高标准的。下面是我到官地矿采风后写的一首小曲。它从一个侧面反映了当代工人的文化生活。

〔双调·折桂令〕煤矿工人文化生活扫描

野花红情满西山，锣鼓响喜满西山，社区美乐满西山。矿嫂吟诗，矿工作画，跳舞消闲。登殿堂宏图大展，入书海技术攻关。涉足科研，不畏艰难，舞榭歌坛，大写新篇。

调查发现，西山煤电公司现有山西省作家协会会员25人，太原市作家协会会员35人。现已出版诗集20部，小说12部；散文、歌曲、摄影绘画、曲艺等其他文艺作品11部。我们发现，工人中喜欢传统文化、喜欢格律诗词的人很多。在散曲这种文学形式复兴之后，转而爱上散曲的人，更是大有人在。因为散曲这种形式比起诗词来，更能使用现代语、俗语、外来语和网络语，更能表现现代生活。散曲既通俗又高雅，适合大众口味。

短短时间，我们就收到了大量的散曲作品。作为一个散曲爱好者和诗刊编辑，看惯了文人的诗、词、曲，一读工人写的散曲，真的是眼前一亮，很是惊喜。

我觉得工人散曲有四个个特点：

第一个特点是感情真挚，唱响了主旋律。

诗言情，有真情自是好诗。工人的散曲，感情质朴真诚，一读就让人感到是从心底唱出来的歌。绝对没有文人那种矫揉造作的虚情假意，也没有那种不文不白、读起来晦涩拗口的酸腐气。

当前，由于缺乏生活，一些文人热衷于玩弄文字游戏。为了写诗写词强说愁——他们刻意模仿古人的感情，也有人把那叫做心灵空虚，也有人说是无病呻吟。还有些文人，费了好大劲，在那里制造新古董。别人看不懂，自己也闹不明白。

而工人的散曲则不同了。他写的是发自内心的感情，写自己身边的事物。真情，真诚，真实。可以说是散曲界的一股清风。

请看吕灵芝白存环等人的散曲作品：

〔黄钟·节节高〕贺晋阳西山工人散曲社成立

（吕灵芝）

矿山花放，矿山歌唱；工人赋曲，诗情万丈。喜讯传，人心聚，奇志扬。大众多年梦想。

〔正宫·叨叨令〕煤哥自嘲（白存环）

摸爬滚打无言败。出煤进道平生爱。现今煤价如白菜，轮流放假无须怪。怨不得呀也么哥，怨不得呀也么哥。平心适应新常态。

〔正宫·叨叨令〕煤矿工人也作诗（李彦斌）

原煤生产安全唤，业余学曲诗书伴。新声旧韵常争辩，平平仄仄天天练。对仗也么哥，合律也么哥。也歌一曲梨花院。

〔南吕·四块玉〕白衣天使（刘文英）

不画眉，天然美。杏眼娇容绽桃绯，扶伤救死歌声脆。病号催，轻启扉，带笑陪。

这些小曲，不仅文字通顺流畅，意境也美，而且情景交融。把工人生活描写得细致入微。从一个侧面反映了当代工人生活。字里行间流露出工人对矿山的热爱，对生活的热爱，对劳动的热爱、对本职工作的热爱。表面看是写的都是小事、小场面。但我们读后，完全可以看出新时代的工厂矿山，依靠科技进步，在现代化道路上前进的巨大变化。大而言之，它反映了伟大祖国三十多年的改革开放，现代化国有大型企业发生的翻天覆地的变化！

这些事情，因为它是真实的，不是虚构的，是自己亲身经历的事，是自己身边的事，所以写得自然贴切，让人感到真实可信。情真则情深，情深则感人。就能感动读者，感染读者。像这样的小曲，可以说通篇都是。

工人散曲，写的是当代人的新思想、新感情、新事物。因为工人自己生活在厂矿，亲眼看见了工厂矿山翻天覆地的变化。他们一拿起笔，就站在新世纪、新时代的高度，写出了时代的生活美和理想美。工人登上曲坛，犹如炎热的夏季吹来一股清凉的惠风。给曲坛带来了新希望。

第二，工人散曲扎根生活，拓宽了表现题材。

工人散曲社成立之后，写出了大量的以第一线生活为题材的散曲诗歌。

请看散曲：

〔正宫·叨叨令〕矿工（郜桂英）

挖掘火种人间赖，铮铮铁骨情豪迈，远思巷道飞天外，白牙黑脸姑娘爱。受苦了也么哥，受累了也么哥，一杯美酒真心在。

〔正宫·叨叨令〕矿嫂（郜桂英）

每天思盼夫君面，安全井下祈心愿，征尘一路欣容绽，三杯美酒托心愿。等你呀也么哥，等你呀也么哥，千般情意千般恋。

限于篇幅，我们无法大量引用散曲原文。只能举例一二。但我们看到，工人的散曲，大大拓宽了散曲表现的题材，这一点是很重要的。我们不会忘记，在20世纪80年代，文艺界有些人，专写姨太太、写下半身，败坏了社会风气，人民群众很有意见。所以工人散曲从题材上和内容上，都唱出了时代的主旋律，可以说是表现了时代风貌，伸张了社会正气，弘扬了民族精神。

第三，工人的散曲，语言新鲜活泼，雅俗共赏。

散曲之所以有"曲味"——主要是因为它的语言风格，可以大量地使用口语、俚语、俏语、网络语和外来语。可以说，工人散曲，天生就有这个优势。请看：

〔仙侣·一半儿〕某官员档案造假（白存环）

暗修档案锦添花，前后相形千里差，神力助推火箭爬。钟馗察，一半儿惊慌一半儿哑。

〔越调·小桃红〕节日西山（张素琴）

西山兴旺在今朝，遍地红灯照。红火秧歌正热闹，祥和紫气人欢笑。舞红袍，高跷排队来，彩车传古调，锣鼓庆逍遥。

〔中吕·喜春来〕矿山春早（马继忠）

潇潇夜雨春花绽，绿柳青青百鸟喧，煤车云架好家园。美矿山，井下战犹酣。

〔正宫·塞鸿秋〕国企反腐（李彦斌）

苍蝇老虎逍遥跳，威风凛凛常施暴。精心编织连环套，发财致富真高效。来了反腐团，吹起冲锋号。

人人共唱除奸调。

这几首小曲，通篇都是工人的口语。"家家户户""煤车云架""苍蝇老虎逍遥跳。威风凛凛常施暴"。"反腐团，冲锋号，""人人共唱除奸调。"等等。

这些语言，都是口语，确实直白。但是诗人把它提炼加工了，按照格律的要求，巧妙自然地加以组合。也就是说诗人把这些口语诗化了，律化了，照谱写成了小曲。

我们前面所举例子可以看出，工人写的散曲，虽有民歌风，但不同于民歌。它是按照格律填写的曲。如果对一下曲谱，可以说基本符合格律。不仅平仄交替合律，该押韵的地方押韵，而且该用去声的地方用了去声。有些散曲还有恰到好处的衬字。换句话说，这些作品有了格律美和声韵美。因此在众多的曲作中时有佳句，时而妙趣横生。不仅仅读起来朗朗上口，韵味十足，而且读了让人感到清新，感到亲切。因此，诗人的欢乐，自然而然地变成了读者的欢乐。诗人的爱憎，也就变成了读者的爱憎。

这确实是一个良好的开端，确实给了我们许多启示。在我们时代，写诗词、写散曲不再是少数文人的事。新时代的工人农民，掌握了文化的工人农民，同样可以拿起笔，直抒胸臆，或歌颂和赞美自己的生活，或鞭笞社会上的假丑恶。工人的散曲，不仅陶冶自己的情操；也可以丰富祖国的文学宝库，也能够为散曲的复兴、为传承国粹作出新贡献。

第四，写散曲不仅丰富了工人自己的文化生活，也点燃了希望之火。

2015年五一节，中央电视台报道了一个名叫张华的残疾女工写诗的消息。这个女工，因为残疾，又怕工作丢失，经常提心吊胆。但她热爱生活，坚持写诗，通过诗歌表达她对生活的热爱。后来，她在农民工诗歌大赛中获得一等奖——深圳市政府奖励她为深圳市市民，有了正式户口。这大大点燃了她生活的勇气和希望。在我们的工人中，这种事也不少。请看散曲：

〔正宫·叨叨令〕煤矿工人学写曲（李彦斌）

兄诗付梓如春讯，逐篇品赏身添劲。轻吟一句消烦闷，墨花朵朵香成阵。勤学习也么哥，快加油也么哥，来年咱也新书印。

这首小诗传递了这么一个信息：一个煤矿工人，出版了自己的诗集，另一个工人写了一首贺曲——而且表示——"来年咱也新书印"。

语言朴实，形象地说明了当代工人的追求。从这个意义上说，写写小曲不仅丰富了工人的业余生活，而且带来了希望。我们说点燃了希望，就是说点燃了工人学习上进、出书的希望，也点燃了工作创佳绩、生活上台阶的希望。

也许有人说，工人只能写写自己的生活。其实不然。工人也有七情六欲，也会抒情，也写风花雪月，也写爱情。我看到的工人的诗词曲，也有吟怀述志、借物言情之佳作。也会用形象思维营造意象、塑造形象。在这里我们选上几首供大家欣赏：

〔正宫·塞鸿秋〕和燕南老师《雁丘曲》（白存环）

骚人凭吊伤心路。空遗河畔雁丘墓。香消玉殒魂归处，悠悠汾水南流去，哀鸿荒冢孤，凄楚朝谁诉？幸福总被世俗误。

〔正宫·双鸳鸯〕写作（吕灵芝）

夜深凉，字成行，独坐书房倚绮窗。宋韵唐风诗情荡。心随明月著华章。

〔正宫·塞鸿秋〕步韵拙和燕南老师《雁丘曲》（郜桂英）

当年雁落牵肠处，香消玉碎汾河渡。凄风苦雨雁丘墓，泪飞化作冲冠怒。悲歌千载传，哀怨朝谁诉。真情莫让红尘误。

　　工人的散曲，不仅创作题材广，选材新，而且句法新颖，造语奇。很多优秀篇章声情并茂、摇曳多姿。写爱情的小曲，同样写得婉约哀艳，言情感人，余韵宛然；同样写得缠绵隽永，音韵婉转，流畅多姿。还有些小曲，隐含哲理机趣，感悟人生，别有新意，虽诙谐打油但寓意深沉。更为可贵的是，语言清新、明快、活泼，很有曲味。可以看出工人作者的文学才气和艺术功力，都很值得我们刮目相看。

　　从整体来看，工人写的散曲，在格律上还不是那么完美。例如有些作品对仗还欠工整，对词性的把握还不那么准确，押韵还没有规范等等。但是瑕不掩瑜，这些都会慢慢在学习中提高解决。

　　习近平总书记在文艺工作座谈会上的讲话强调："坚持以人民为中心的创作导向，努力创作更多无愧于时代的优秀作品。""人民是文艺创作的源头活水，一旦离开人民，文艺就会变成无根的浮萍，无病的呻吟，无魂的躯壳。能不能搞出优秀作品，最根本的决定于是否能为人民抒写、为人民抒情、为人民抒怀。"

　　晋阳工人散曲社是黄河散曲社的分社，黄河散曲社的成员，大多是工人散曲社的顾问。实践证明，工人散曲社的成立，是黄河散曲社的诗人曲家适应时

代、深入生活、走向大众的桥梁。也是诗人曲家为人
民抒怀的契机和良好开端。

我们可以预见，黄河散曲，工人散曲，必将在世
人面前展现出特有的风采。

太原散曲队伍漫谈

中国的当代散曲，是20世纪初首先在山西太原兴
起的，是以太原《唐风新韵》第一期、第二期的出版
和黄河散曲社的成立、《当代散曲》的创刊为标志
的。因此太原散曲创作队伍，特别是黄河散曲社创建
初期散曲队伍的状况，有一定的代表意义。研究和剖
析太原散曲队伍，对研究全国的散曲队伍能起到抛砖
引玉的作用。

因为队伍的成员是发展变化的，所以在确定太原
（地域范围）散曲队伍的界限时，遵循了以下几条原
则：

所选人员为参与了黄河散曲社的创建，是黄河散
曲社的第一批社委、编委成员。有些人虽然没进入社
委、编委，但参与了黄河散曲社的创建。

所选人员为从2004年或2005年就开始散曲创作，
属于太原市第一批散曲创作人员。2007年以后开始散

曲创作的人员没有选入。

所选人员为10年来在网络和刊物上发表散曲作品至少50首以上（平均每年至少5首）。10年来只写过一两首散曲作品的人员没有选入。

10年来，发表过关于散曲的论文1篇以上的太原散曲爱好者。

队伍成员名单如下（为了简便，按姓氏笔画排名）：

王文才、王美玉、尹昶发、史文山、朱生和、刘江平、讷言、孙爱晶、张四喜、张梅琴、时新、李旦初、李金玉、折电川、吴玉莲、吴定命、武正国、赵日林、赵美萍、原振华、高中昌、高履成、梁希仁、黄文辛、郭述鲁、郭翔臣、常玉生、常永生、常箴吾、温祥、曹效法、韩文元、韩海莲、解贞玲、樊积旺、蔡德湖

这36人，大部分是黄河散曲社的创建人——当时是太原散曲创作队伍的主要成员——现在仍然是太原散曲创作队伍的主要成员。

当前这个队伍成员虽然有所增加，但增加的人数不是很多。下面，我们从几个方面分析：

一、结构分析

1.年龄结构：平均年龄69岁。十年前，这支队伍刚刚建立时，平均年龄是59岁。

当前，80岁以上的3人，占8%；70~79岁17人，占48%；60~69岁的11人，占30%；50~59岁的3人，占8%；40:~49岁的2人，占6%人。40岁以下没有。

女性7人，占19%。

60岁以上的人占总人数的86%。

2.知识结构

本科以上17人，占47%；大专10人，占28%；中专5人，占14%。初中以下4人，占11%。

3.职业分布

从职业上看，干部、教师占大部分，占72%；其余占28%。干部19人（其中政府干部15人，企业干部3人，军队干部1人）；教师7人（大学教授3人，中学教师4人）；高级工程师3人；财会干部1人；工人2人；私营工商业者1人。

4.退休人员占89%：在职人员占11%。

二、队伍特点

通过以上分析可以看出，太原市的散曲创作队伍有以下特点：

散曲队伍成员，都是诗人和诗词爱好者；

有的人如李旦初、武正国、温祥、时新等人，是有名气诗人；还有一部分人是小有名气的诗人；大部分人是诗词爱好者。不是所有诗词爱好者都写散曲——而是其中的一部分人。

有人说，诗庄、词媚、曲俗。散曲确实通俗，直白，口语化。因此有人认为，只有写不好诗词的人才去写曲。其实正好相反。事实证明，只有熟悉诗词格律，有深厚的古典文学修养，有创作经验，能驾驭古汉语和当代语言的人，对散曲的理解才深，才能在短时间内熟悉和掌握曲律，才能熟悉和掌握散曲的语言风格，才能写好的散曲。太原市第一批能写散曲或写散曲比较好的人，都是诗词写得较好的诗词爱好者。

即使在散曲队伍中，专攻散曲——意即写散曲的数量和时间，超过写诗词的数量和时间；其曲名超过诗名的人也不是很多。大部分人是诗词写得好，因为爱好，也经常写写散曲。

2.散曲队伍相对于诗词队伍来说，人数要少一些，年轻人少。

这个原因很值得研究重视。

原因是多方面的，也是复杂的。通过我们的分析和调查，主要有以下几种原因：

据笔者调查，很多人对散曲格律还有畏惧——这是许多人不敢试手的原因。

首先，感到散曲格律比诗词还严；特别是"平分阴阳、仄分上去""去不能上、上不能去"的规定，过于严格。在生活中，我们常听到有人说，也想写写曲子，又怕散曲的格律比诗词还严。他们习惯了诗词的写法，得心应手——上去入都是仄声。感到"去不能上、上不能去"，太束缚人，太僵化，因此望而生畏。应该说这是散曲队伍发展缓慢的一个原因。

散曲可以加衬字，给了作者很大自由，但也有的作者感到无所适从。一首七绝28个字，一首七律56个字，好构思。据我们调查，许多作者说，允许加衬字，不好掌握；不加衬字太僵化，加了衬字太灵活——但哪里加衬字才合适，把握不好。加衬字没有规律可循，基本上是敬天法祖——古人加过衬字的曲牌曲调，就可以加；古人没有加过衬字的曲牌曲调，就不可以加。对于古人没加过衬字的曲牌，如果加了衬字，就有人指责。还有的曲牌能写小令，有的曲牌不能写小令——也都是采取敬天法祖的办法。这些都让新人无所措手足。

还有一部分人，对散曲的格律，特别是语言风格，所谓蛤蜊味、轻、俏、趣的曲家语——感到不好把握。写惯了诗词，写出来过于典雅，曲味差，因而就失去了兴趣。

也有一部分人，感到散曲太通俗，太直白，不属于高雅文学，登不了大雅之堂。对散曲抱着一种轻蔑的态度。不愿意加入到这个队伍中来。

还有一个我认为是最重要的原因——就是缺乏好作品做样板，缺乏好作品的支撑。没有一大批好作品，没有一大批有影响的好作品，没有经典和样板作品，就缺乏吸引力。毋庸讳言，当前散曲作品，优秀作品虽然不少，但平庸之作也很多。不成功的作品，文学水平低，缺少幽默和风趣，缺少曲韵绵绵，缺少艺术美的作品还很多。

3.退休人员多，这和诗词队伍老年人多是一个道理，有一定的社会原因，和提倡也有关系。当前，无论诗词曲都不是主流文学。多年被打入冷宫，很多人不知散曲为何物。大家知道，有关散曲的出版物很少很少，在诗词复兴后，诗词的出版物相对多一些，散曲读物相对又少些。虽然近几年这种状况有所改变；但有关散曲理论、散曲格律的书籍还是一书难求。散曲是极为珍贵的民族文化遗产，但认识它、了解它、喜欢它的人还不是很多。

4. 当代散曲的读者少。这也是当前存在的问题之一。

从太原的情况看，散曲队伍中干部和教师多，既有副省级、厅局级干部，也有一般干部，好像除了爱好以外，没有什么规律可循。我们考虑，恐怕是这两种职业有文字功夫，学养丰厚，入曲快。凡散曲爱好者，都有一定的艺术功力。

10年来，太原散曲创作队伍有了很大发展，但新增加的绝对人数不算很多。新增加的人员，能称得上散曲爱好者的，超不过30人。

我们说的散曲爱好者，是热爱散曲、刻苦学习散曲、用大部分时间创作散曲的诗人。那些以格律诗词为主，偶尔也写写散曲，多年只写过几首散曲的诗人或诗词爱好者，还是比较多的。如果从诗人词客都写散曲这个角度看问题——这个队伍的人数，还是增加得比较快的——但这些人没有归纳到散曲创作队伍中来。

三、太原散曲创作队伍10年来取得的成绩

太原散曲创作队伍，虽然人数不多，时间不长，但10年来所取得的成绩还是很可观的。据不完全统计，10年来在全国获奖10次，共写论文50多篇，出专

著（散曲选集）或散曲专辑（诗集中有散曲专辑）有
12集；在全国各地的诗刊、报刊上，发表了大量的散
曲作品。可以说在极近荒芜的曲园里，新生了一片绿
色，并且绽放出耀眼的花朵！

（一）笔锋初试，获奖多多

当代散曲登上历史舞台后，即以崭新的面貌加入
到诗词行列。太原的散曲作者，以不同于诗词的语言
风格和具有特色的格律，创造了不少反映时代的优秀
作品，并多次在全国的诗词大赛中获奖。

1.获全国诗词大赛一等奖三次

2008年，李旦初的散曲作品：《〔双调·夜行
船〕极品女人》获"第二届华夏诗词奖"一等奖；

2008年，温祥的散曲作品：《〔自由曲〕张老三
闯宴》获"第二届华夏诗词奖"一等奖；

2012年，刘江平的散曲作品：《〔双调·折桂
令〕登鹳雀楼》获"山西永济首届诗歌文化节'鹳雀
楼杯'诗歌大赛"一等奖。

2.获全国诗词大赛二等奖3次

2008年，李旦初的散曲作品：《〔中吕粉蝶儿〕
阿Y外传》，获"首届华夏诗词奖"二等奖；

张四喜的散曲作品：《〔自由曲〕中国加油》获
"长安雅集中华诗词大赛"二等奖；

张四喜的散曲作品：《〔大石调·青杏子〕赞奥运火炬手金晶》，获2008年迎奥运中华诗词大赛二等奖。

3.获全国诗词大赛优秀奖四次

2008年，张四喜的散曲作品：《〔双调·新水令〕赞刘翔》，获"第二届华夏诗词奖"优秀奖。

2009年，刘江平的散曲作品：《〔正宫·塞鸿秋〕游榆林镇北台》在"咏榆林诗词大奖赛"中获优秀奖。

2010年，王文才的散曲作品：《〔中吕·朝天子〕汾河公园》，获"太原生态园林杯"奖。

2011年，郭翔臣的散曲作品：《〔自由曲〕又见陕西曲友二首》，获"府谷黄河杯"优秀奖。

（二）刻苦学习，论文多多

黄河散曲社成立之后，喜欢散曲的诗词作者，对散曲的历史、理论和古代散曲名作欣赏发生了兴趣，同时开展了对当代散曲的研究评论。这个队伍里的人，绝大部分人都写过关于散曲的论文。10年来，36人中有26人写过论文。据不完全统计，直到今天，共发表论文50多篇。

（三）出版曲集，作品多多

到今日为止，共出散曲专集6集：

郭翔臣的散曲集：《头白思走云深处》

温祥、张四喜、郭述鲁的自由曲集：《唐风三友》

常箴吾：《常箴吾散曲集》

张四喜：《张四喜散曲选》

王文才：《王文才散曲选》

黄河散曲社：《山西当代散曲选》

其他人虽然没出散曲专集，但在2004年黄河散曲社成立以后，个人出版诗集的，都有一个散曲专辑。据统计，在诗集中，有散曲专辑的有12人——也就是在这12部诗集中，都让诗词曲三分天下；部分人散曲占到了1/3以上——这在2004年以前出版的诗集中是没有的。

值得一提的是，2005年以后，太原黄河散曲社的曲友，加强了散曲写作，在全国各类诗刊、报刊上，时有黄河曲友的贴近生活、雅俗共赏、曲味浓浓的作品刊登——这些作品的思想性和艺术性都达到了较高的水平。

几点建议

针对以上分析，我们可以得出这样的结论：当代散曲在2004年复兴之后，取得了可观的成绩。创作队伍人数大增，正在不断扩大；散曲作品的数量和质量都有很大进步，前景喜人；正在复兴——发展——繁荣的道路上前进。但也存在不少问题：绝对人数还少，好作品、精品还少，读者也偏少；队伍的年龄偏大，特别是年轻人和青年学生偏少。所以，本文作者有以下几条建议：

要扩大对散曲的宣传。散曲这种艺术形式，这种曾经辉煌过几百年的文学体裁——也是国粹之一，越来越为广大群众所接受、所认识、所喜爱。加大宣传力度还是很有必要。

元曲与唐诗、宋词并列为古典文学的三座高峰——它具有民族性、大众化和独特的艺术美，散曲是中国传统诗歌领域的一朵奇葩，应当得到与其他诗体同等的关注。

散曲这种文学体裁，出现比较晚，它的特点是与舞台表演、民间文学、演唱文学结合较多；它以口语入曲，使用和现代音韵接近的《中原音韵》，平仄可以通押，语言诙谐幽默，内容贴近生活，音节和用韵上相对比较自由，句子长短可以突破规范等等。所以它比格律诗词更适合使用新语言、表现新生活、抒发新感情、表达新思想，更为广大群众和青年学生喜闻乐见。我们相信，通过宣传，会有更多的当代诗人在钟情创作诗词的同时，也积极从事散曲的创作，会有更多的青少年逐步加入到散曲创作队伍中来。

尽快地成立一个全国性组织。虽然散曲也包括在诗词之内，但它有一定的独立性，很需要一个全国性的散曲学会，起领导、组织、协调的作用。有了统一指挥，才能形成合力、形成规模、形成气候、壮大声势。有了统一的领导，才有号召力，才能开展全国性的大规模的活动，才能尽快地培养出后继人才，才能在全国文学领域站稳脚跟，才能在文学的殿堂里有一席之地。——这和京剧、晋剧、秦腔、越剧都属于戏剧，但还都有自己的行业组织，是一个道理。

3.当前，中华诗词网上有一个曲苑，这还不够。从某种意义上讲，精神产品的生产和物质产品的生产是同一个道理——没有竞争，就没有比较；没有比较，就没有进步；没有进步，就没有繁荣。因此开辟一块新天地，一个省或几个省联合创建一个或多个散曲栏目，很有必要。比如叫"北方曲苑""南方曲苑""九州散曲"等等。这样就会形成一个你追我赶、争创特色的繁荣局面，也有助于创造多种流派、多种风格的当代散曲。诗词之所以繁荣昌盛，其原因之一就是诗刊多、诗社多、网上诗词栏目多。

4.诗词的明天要靠青少年，散曲的希望也要靠青少年。黄河散曲社成立之后，搞了曲进乡村，曲进校园的活动，成效很大。山西原平"农民散曲社"和太原晋阳工人散曲社，就是在黄河散曲社的帮助下成立并发展起来的。这个优秀传统要继承，要继续在大中小学生中提倡宣传，要继续在农民兄弟中提倡宣传，要继续搞曲进校园、曲进乡村、曲进工厂矿山。

5.要在省级和省级以下的单位，包括大中小学，适当地成立散曲社。因为成立散曲社容易集中一大批喜欢散曲的人。在诗社学曲和曲社学曲是两个不同的概念。成立散曲社可以突出散曲的创作。

归根结底，散曲要在当今的文学殿堂里占有一席之地，就必须有好的作品支撑。榜样的力量是无穷的，这在文学作品里也是一样的。

所以说，创精品佳作，是重中之重。只有有了一大批优秀的乃至经典的散曲作品出现，并且被当代人认可，散曲这种文学体裁，才能够在当代文学园地里站稳脚跟，发扬光大。

什么是精品？有人这样说，精品力作的主要标志是：时代精神、先进思想、真挚感情与艺术感染力的高度统一。我们认为，这个定义是正确的、完整的、严密的——它适合诗词曲和任何文学作品。

可见，精品力作必须要六美俱全：既要有声韵美、格律美、意境美、语言美，还必须有思想美和时代美！

实践证明，要创作散曲精品还真是不容易。不下苦功，不经过艰苦的学习，不掌握大量的知识，不掌握丰富的语言，不刻苦地实践创作，是完不成这个任务的。

争创精品的活动是多方面的。

创作精品，不能停留在口头上、号召上。必须有一套完整的措施：诸如组织散曲大赛，组织散曲讲座，组织散曲专题采风，召开散曲研讨会等等，都是行之有效的必须长期坚持开展的活动。

应该承认，当前散曲评论，特别是当代散曲评论，寥若晨星，几乎还是一块荒地。更不要说评论的水平如何了。一般说来，评论落后于创作，理论落后于实践。因此，摆在我们面前的一项刻不容缓的工作就是要提倡和长期开展散曲评论。要尽快地培养出一批散曲评论家——这是一批甘为人梯、甘做奉献的散曲爱好者。但他们是散曲进步的动力。

当前，网上虽有评论，但都是说好听的多，歌颂的多，缺乏公正客观的评论。这不利于散曲的进步。这种状况的改变，要靠一个有影响的权威机构或权威人士来引导，当然也要靠整体队伍素质的提高。

"宝剑锋自磨砺出，梅花香自苦寒来。"为了提高散曲创作与鉴赏水平，我们要坚持学习传统文化的精髓，努力学习古典文学知识，深入学习和研究元曲经典作家的经典作品。散曲是语言的艺术，语言不好，无论如何也写不出好作品。

当前，社会已经进入到21世纪，我们正处在一个风云变幻的伟大时代，也是知识经济时代。我们所写的散曲作品，必须有强烈的时代感，作品必须体现新思想、新观念、新感情和新风格，只有这样的作品，才会受到广大人民群众和青年学生的欢迎，才有生命力。那些陈旧的、没落的旧文人无病呻吟的散曲；那些充满封建士大夫情趣的闲情逸致；那些雕琢语言、古奥晦涩的酸曲等早已被现代人所摒弃。为了能写出有时代感的散曲作品，我们还必须要学习现代经济知识、商品知识和国际贸易知识，更要学习现代科学技术知识。要不断地补充和更新自己的知识，赶上时代的步伐。要写好散曲，单靠学习书本知识还是远远不够的，还必须有曲外功夫，也就是要有生活的积累。因此，散曲作者必须要深入到火热的社会生活中去，和人民同呼吸、共命运，实践改革，体察民情；要做到先天下之忧而忧，后天下之乐而乐。

放眼未来，我们对于散曲的前途还是充满信心的。传统文化的复兴是中国文化复兴的一部分。我们毫不怀疑地说：散曲的复兴，已是指日可待。

圣地诗史　名山史诗
——祝贺《诗咏五台山》大型诗集出版

　　由山西诗词学会会长武正国先生主编、山西人民出版社出版、山西美术印刷厂承印的《诗咏五台山》一书出版后，立即受到业内人士的好评，受到广大读者和广大诗人的喜爱。这不仅是因为这本诗集装帧考究、印刷精美，主要还是它的内容——是诗词集中少见的——这是我国第一本当代诗人吟咏五台山的格律诗词曲诗集——同时它还完整地、全面地辑录了历代诗人吟咏五台山的精华诗词。这本诗集，共选当代诗人250人的646首诗作，古代诗人141人的291首诗作。诗集的内容，可以一言以蔽之——圣地诗史，名山史诗。

　　这本书，是山西诗词学会为弘扬风雅、振兴诗教、传承国粹而倾情奉献的一部作品集。是编辑部同仁三年心血的结晶。笔者是本书的执行编辑，有幸参与了这部诗集编辑的全过程，时间长达3年以上。从内容上，我们可以找到《诗咏五台山》一书的八大看点：

一是历代名家吟咏五台山的传世精品佳作。

二是历代帝王拜佛游山的精品佳作。

三是历代名僧、诗僧、释家子弟吟咏五台山、咏怀述志、歌颂佛理佛功的精品佳作。

四是三晋特别是五台山地区乡贤吟咏五台山的传世之作。

五是当代诗词名家吟咏五台山的精品佳作。

六是当代网络优秀诗人吟咏五台山的精品佳作。

七是当代书法名家的墨宝。

八是本书主编和本书部分诗词作者的我诗我书的书法手迹。

这八大看点，已足以说明这本诗集的文史价值和收藏价值。

五台山是世界级的佛教名山，居中国四大佛教名山之首，风光壮美，历史悠久，寺庙林立，佛教兴盛。五台山佛教的兴起，有文字记载最早始于东汉（一说始于北魏）；后兴于晋、隋、唐、宋、元；盛于明清。

古代有句话，叫做"天下名山僧占尽"。这句话的意思是，僧家的寺庙都建筑在名山之上。事实上，一个风景优美的名山在建筑了寺庙之后，就成了当时的旅游胜地。从帝王将相、文人墨客到世俗百姓，烧香拜佛、进香还愿都兼着游山玩水。因此，大量的精美的寺庙建起来了，大量的雕塑壁画和佛乐产生了，大量的碑雕碑刻、牌匾楹联和诗词墨迹都保护流传下来了——这就形成了独特的佛教文化。

本书遴选了自佛教兴起后，东晋、唐、宋、元、明、清历代名人、帝王、名僧、乡贤和当代诗人吟咏五台山的诗词曲作，可以看作是用诗记录了佛教兴衰、名山发展的历史。

诗集中选了文学大师如祖咏、李白、杜甫、张籍、贾岛、温庭筠、皮日休、苏轼、萨都剌、王世贞等人的作品；还选了著名书法家赵孟頫，画家王冕、董其昌，曾经出将入相的王陶、张商英、于谦、孙传庭等人的诗篇。这些历史名人，都是光照千古的人物。他们的诗篇，或写拜佛读经的感悟和奇山奇水的壮美；或写五台山佛事活动的鼎盛、壮观；或写某个寺庙的大师、主持及僧侣们的个人行藏和虔心修行的喜怒哀乐，或写某个寺庙的兴建、盛衰；这些都从一个侧面反映了当时的佛事活动、民风民俗和当时五台山的风光。当文学大师们用诗词表述自己的感情时，那些感情和文字都得到了升华——闪光的语言表达了闪光的思想，通常人们把那叫做谈禅悟道。这些优美的诗篇传颂千古，也记录了五台山的历史。

由于极左思潮的影响，历代帝王的诗篇曾一度遭到封杀。从文学和历史的角度，帝王拜佛不仅在当时是新闻大事，而且在佛教史上也是大事。帝王拜佛游山，无疑会对佛教的繁荣起着巨大的推动作用，会对庶民百姓的信仰产生巨大的影响。诗集中选编了明太祖朱元璋、清世祖顺治及康熙、雍正、乾隆、嘉庆等皇帝游山拜佛的诗篇，再加上侍臣、近臣的和诗、贺诗——就形成一个独特的画面。读后立刻让人联想到：万乘之尊的天子朝山拜佛，旌旗蔽日、百官迎接、高呼万岁、兴建行宫等盛大热烈的场面。封建帝王个个都是口含天宪、一言九鼎。但他们对神佛的敬畏，对命运的思考，对长寿的期盼，对国泰民安的祈求，都在诗中有着真情流露。要了解名山，要了解佛教，要不读这些帝王的诗篇，还真是一大缺陷。

在历史的长河中，佛教虽然几盛几衰。但佛门弟子中却总是人才济济。历代不乏高僧、诗僧。五台山是佛教圣地，年年月月都有信徒朝拜、僧侣游学、名僧访问。僧侣们长期生活在深山古寺，青灯木鱼，暮鼓晨钟，念佛诵经，虔修来世。那些名僧、诗僧，在念佛诵经之余，也写下了大量的诗篇。这些诗篇，既是佛教文化的珍贵遗产，也是中华文学宝库中的珍贵遗产。我们从《五台县志》和《清凉山志》中选编了历代名僧和佛门弟子的诗。如晋代的支遁，唐代的皎然、栖白、贯休，五代的齐已，元代的八思巴、真觉，明代的彻照、镇澄、真一，清代的昭吉，当代的圆瑛、隆莲等等。特别是明代的镇澄，他写了大量的脍炙人口的优秀诗篇，还撰写了《清凉山志》，给我们留下了宝贵的文化遗产。诗僧们用诗词歌颂了五台山——文殊菩萨的道场——他们心中的圣地，用诗词咏怀述志——歌颂佛理、佛功——歌颂了佛祖菩萨普渡众生、广结善缘的博大胸怀。诗僧们与清风明月为伴，他们的诗词，绝对没有旧文人咬文嚼字、无病呻吟的酸气。这些诗词，真的是意境新颖，独有创意，文采斐然，不落俗套。读了这些诗词，会让我们更加感受到佛教文化的博大精深。

我们还遴选了三晋赤子、五台乡贤——如元好问、王道行、施重光、张燫、傅山等人歌颂五台山的传世之作。生长在三晋和五台地区的先贤们，对于养育他们的山山水水有着特殊的感情，他们都有一颗热爱故乡的赤子之心。因此他们笔下的诗词，有着独特的风土人情，有着独特的语言风格，让我们读了倍感亲切。生于佛国、长于佛国的乡贤们，受到江山灵气的熏陶，不仅文化底蕴深厚，而且他们的诗词，都沐浴了佛光、沾染了仙气。他们笔下的诗词，意境清新，情思隽永，言浅情深，语淡意浓；更主要的是，他们的妙悟绮思和富有哲理的警言警句，常常让后世人仰慕不已。因此他们的诗词世代吟诵，流传不衰。这次刊印出来，以飨读者，实是一大幸事！

编收现代人创作的诗词，是本书编纂的重点。诗集的下编叫做《近现代篇》。共收入250人646首诗作，大多数是这一次通过各种方式从全国征集到的。据我们了解，只有少数诗篇曾发表过。这次刊印，绝大多数算是第一次发表。把全国现代人写五台山诗词的精华基本上囊括了。

现代诗篇我们首先编选了革命领袖的诗词。这些诗篇，激情饱满，音韵铿锵。在内容上深深地打上了时代的烙印。惟其如此，才让后人更愿阅读，更愿收藏，才更有史料价值。读过这些诗词，能让我们熟悉和了解那个火热的战斗的年代、回到那激情澎湃的新中国成立的时代。

从数量上看，现代诗人多，诗作也多。这些诗，从多方面吟咏了五台山。五台山的风光胜景和当代风貌，五台山的人物、历史、寺庙、经藏、文物、碑碣和佛事活动，五台山在"文化大革命"中所经受的磨难；更多的是五台山成功申报世遗的欢乐和变化——当代世界性的旅游胜地的辉煌和发达。当代诗人思想活跃、善于思考，诗人们对于佛家文化的好奇和探索也反映到诗中，诗集中不少谈禅悟道的语句。这些诗，一改过去那种"苦海无边，回头是岸"——纯粹悲观主义的禅悟；更多地接受了佛教积极的一面——提出人应以豁达、淡泊、乐天安命、顺应自然的心境来面对人生吉凶祸福的无常变化，保持心中的平静与安详——这些诗都闪着智慧的光芒。更是值得一读。

需要说明的是，诗集中收录了不少的网络诗词。网络诗词即诗词网和个人博客上的诗词，是近几年才兴起的。这些作者常年勤恳地耕耘在网上。他们写的吟咏五台山的诗词，其中不乏优秀诗篇。这次所选的诗词曲作大部分立意新奇、构思精巧；或者角度独特、有独到之处；或者语言自然流畅、生动形象；或者感情真挚动人；或者表现手法有创造性，别具一格。总之，都是值得一读的好诗！

《诗咏五台山》诗集中所收之诗，真是不读有遗憾，读后还想再读的佳作。

为了增加诗集的典雅与厚重，增加诗集的收藏价值，我们还在诗集的前面选印了精美的书法作品。有深受大家喜爱的当代书法大家赵朴初、沈鹏、梁东等人的作品；有本书主编武正国和部分诗词作者我诗我书的书法作品。这些书法，或古朴刚劲，或飘逸潇洒，或龙翔凤翥，或烟卷云舒，具有一定的欣赏价值。这些诗书合璧的作品，很受读者青睐；因为它能使人获得双重的美感享受，增加了诗集的文化氛围。

　　作为执笔编辑，我深知，由于时间和水平有限，本书在古代诗篇的选择上还缺乏深度，在现代诗篇的选择上还缺乏广度。这些不足虽然是瑕不掩瑜，我们还是深深引以为遗憾。

后记

从小就喜欢古典文学，特别喜欢格律诗词。但由于五四运动以后，格律诗词逐渐走向衰落。我们这代爱好古典传统诗词的人，在很长一段时间，没有学习的地方，没有学习的工具，没有交流的平台，没有发表的阵地。因此没想过自己写，也没想过出版自己的诗集。

《燕南诗稿》所辑录的诗作都是我参加山西诗词学会和诗社后学习创作的。应该说，改革开放后的文坛，迎来了格律诗词的复兴和繁荣。使得我们有了学习格律诗词的机会。更为幸运的是我亲历并参与了《黄河散曲社》的创建。沉寂了一二百年的散曲，又堂而皇之地走进了文学的大雅之堂。我又有了一个学习并进而创作散曲的机会。因此本诗集中曲作较多。

当前，社会已进入了网络时代。在网上写作，网上发表，网上评论，已成为我们生活的一部分。我的大部分诗词曲作，都在网上发表过。使用的网名有：江天，燕南。最初用的是江天，后来因改版江天不能注册，就改为燕南。有些诗词作品，是大家熟悉的，需要加以说明。

格律诗词曲要发展、要前进，就必然要改革要创新。学习格律诗词后，我不喜欢那些偏重形式，思想内容贫乏；拘于协律和用典，致使词藻堆砌，语意晦涩，甚至感情袭旧的作品。而是努力学习那些有新思想、新感情、新语言、新风格的佳作，努力让自己的作品融入时代。学习诗词之后，我很欣赏这样几句话：一句是刘禹锡的诗作，"请君莫奏前朝曲，听唱新翻杨柳枝。"一句是王国维说的："一代有一代的文学"。一句是元好问说的："一语天然万古新"。或者说，这就说我的努力方向。

山西有古老的文化传统。山西诗词学会、诗社里集聚了一大批学识渊博、学养丰厚的诗词家，他们给了我许多帮助。李旦初、温祥、戴云蒸、黄文新、郭述鲁、张四喜、高履成、蔡德湖等人，我都向他们学习过。他们都审看、修改过我的诗稿，指导并鼓励过我的写作，都是我的老师。能有一本小册子印出来，实在是感谢他们。还要感谢李旦初老师为本诗集题写了书名。魏红为本书的编辑付出了心血。更要感谢的还有刘小云老师，她在百忙中为本书作了序。她那优美的文笔，为这本小册子增添了光彩。我把那些那些高评溢美之词，看做是对我的的鼓励。也深深知道，学无止境，自己的诗词曲作，还有待于通过学习，提

高到一个新水平。最后，我还要感谢西山煤电总公司
工会主席刘志安同志和西山文联、西山电视台的领导
同志，感谢他们对我的诗词创作活动和诗集的出版给予
了长期关注和大力支持。诗集虽然编印成册，由于水平
所限，错误在所难免。还期待着方家的批评指正。

2016年6月2日